Scripto

Louise Rennison

Retour à la case égouttoir de l'amour

Traduit de l'anglais par Catherine Gibert

LE JOURNAL INTIME DE GEORGIA NICOLSON

Gallimard

En souvenir de Dezza le Vicaire avec tendresse

Des tonnes d'amuuuuuuuuuuuuur à ma famille und mes poteaux, anciens et nouveaux. (Pas de panique, je ne dis pas que certains parmi vous sont vioques. Je dégoise simplement qu'il y en a de plus neufs que d'autres… euh… mais pas de manière moins antique. Bon, je vous adore tous, d'accord ?)

Mercis gigantesques du fond du battant à mes éditeurs, attachés de presse, graphistes et représentants chez HarperCollins au Pays-de-Billy-Shakespeare et au Pays-du-Hamburger-en-Folie.

Et, comme toujours, reconnaissance à l'Impératrice.

Mais surtout méga merci à mes adorables, adorables lecteurs (parmi lesquels il y aurait des Vatis, ce qui est un couic effarant).

Titre original :
"... startled by his furry shorts !"
Fab New Confessions of Georgia Nicolson
Édition originale publiée par
HarperCollins*Children'sBooks*, Londres, 2006
HarperCollins*Children'sBooks* is an imprint
of HarperCollins*Publishers* Ltd

Merci de noter ma nouvelle adresse : Georgia Nicolson - Désastre-Ville

Samedi 18 juin

21 h 00 Je n'en crois pas mes coudes. Me voilà de retour à la case égouttoir de la *love story.*

Autrement dit, caboche la première dans le micro-ondes de l'amuuuuuuuuuuuuur.

Ou si vous préférez en partance pour la fabrique de marinade.

Avant laquelle je n'exclus pas un petit crochet par la marchande de gaufrettes fourrées à l'affliction dans le but de m'acheter un paquet de.

Tais-toi, cerveau ! Tais-toi !

Le pif collé au carreau à zieuter les étoiles

21 h 01 Dans mon bouquin *Méditation à l'intention des demeurés pur beurre*, l'auteur prétend que mater l'univers, les constellations et tout le tralalère démêlerait le nerf en pelote.

Ommmmmmmmmm.

21 h 03 Que nenni. Dieu que l'étoile est irritante ! Et que je te cligne et que je te clignote tel le clignotant diminué. Quelqu'un peut m'expliquer pourquoi la scintillante est si jouasse ?

21 h 03 et demi La réponse est qu'elle n'est pas ma personne. L'astre ignore tout du syndrome allumage et du bécot. Y en a-t-il une qui se soit jamais fait répondre par un Sublimo : « Je viens te visiter la semaine prochaine et je te dis si oui ou non je serai ton copain officiel » ? *Le négatif.*

De toutes les manières, quelle est l'utilité de l'étoile ? On se le demande. Vous croyez qu'elle servirait à lire l'avenir ? Que nenni. Tout ce qu'elle sait faire, c'est le goret pendu. Style loupiote en fin de piles.

21 h 04 Et le goret pendu n'est pas à proprement parler une profession. Je me goure ou je me goure ?

21 h 05 Force m'est de constater que j'ai toujours le nerf en pelote.

21 h 10 Résider à plein temps dans la fabrique de marinade est *sehr sehr le rasoir.* Neuf heures dix à la toquante un samedi soir et je suis en chambre. Seulabre. À l'orée de mon… euh… allumage, doublé d'une méchante allégresse de vivre, et il ne se passe couic. Couic.

La cambuse n'est ni plus ni moins qu'une sépulture. Je…

Nom d'un concombre assermenté, ma petite sœur chérie vient d'ouvrir la lourde de ma chambre d'un méchant coup de tatane et exécute un lancer de Super-Matou dans ma direction.

– Sagggggggggggggggut, Georginette ! ! ! Libby revenue. Saggut ! ! ! Regarde danse de la culotte. *Pan pan cucul ! Pan pan cucul ! Popo et cucul ! ! !*

Notre Seigneur *en Himmel.* Angus est blême d'avoir fait office de ballon de foot. Il n'a pas plus tôt fini sa séance d'éternuements mâtinée de secousses de corps spéciale félidé qu'il me plante illico ses griffes dans la cheville. Aïïïïïeeeeeeeeeeee ! Départ immédiat pour la marchande de gaufrettes fourrées à l'affliction avec guibole en carafe. Hourra !

Mais voilà que la douce enfant relève sa robe et entame une chorégraphie à base d'ondulations du popotin, qui n'est pas sans rappeler la prestation d'une strip-teaseuse. Quelqu'un peut m'expliquer où la gosse a assisté au ci-devant spectacle ?

La famille Tape-Dur rentre à l'instant de l'asile de siphonnés (en clair : la maison de retraite de mon Grand-Vati), et je mettrais ma paluche à griller que c'est en ces lieux que Mini-Givrée a été confrontée à la chose. J'ai déjà eu l'occasion de voir les collègues de Grand-Père à l'œuvre dans leur soi-disant salle commune. Les tricentenaires font mine de jouer aux dominos alors qu'ils se perfectionnent secrètement en démence. Et je mettrais ma caboche à débiter qu'ils sautillent de-ci *und* de-là en culotte certifiée incontinent.

Sur ces entre-fêtes, la mère de famille pénètre dans ma chambre et dans le dessein de récupérer Libby.

– C'est l'heure du dodo, jeune fille.

Vous croyez que l'enfant cesserait de fredonner et de gigoter une fois dans les abattis de sa mère ? Non pas. Quand soudain Mutti percute la présence de mézigue. En chambre.

– Qu'est-ce que tu fabriques, Georgia ? Pourquoi es-tu là ?

– Bien que cela semble échapper à tout un quidam, « là » se trouve être ma chambre dont la vocation première est, je te le rappelle, que je l'occupe. Or par le fait, j'étais couchée.

Réplique *sehr sehr le riant* de Mutti (non pas) en quittant la zone :

– C'est vrai que tu dois être épuisée de porter cinq tonnes de brillant et de mascara toute la journée.

21 h 25 L'un dans l'autre et l'autre dans l'un, ça fait vingt-quatre heures que je n'ai pas quitté ma chambre, à un détour près par le frigo et les commodités. Sans oublier un passage éclair par les boutiques dans le but de me procurer des denrées essentielles à ma survie. J'ai nommé un tube de mascara et un nouveau soutien-nunga-nungas. Ainsi que le dernier *Cosmo*. Il s'est donc écoulé plus de vingt-quatre heures depuis que Scooterino m'a plantée sur le pas de ma lourde en me signifiant qu'il me notifierait sous peu s'il me prenait ou non pour copine. Pourquoi a-t-il fallu que je lâche le morceau concernant mon desiderata de l'avoir comme copain officiel ? Pourquoi ? Pourquoi ?

21 h 26 Et tierce pourquoi ? Pourquoi ? Pourquoi ? Pourquoi ? Pourquoi n'ai-je pu revêtir les atours d'un cœur de pierre sophistiqué ? Pourquoi n'ai-je pu, pour une fois, fermer mon clapet et jouer la fille bourrée de décontracture panachée savoir-machin.

21 h 30 Si je ne m'y étais pas prise comme une poignée, j'aurais des copains en veux-tu en voilà. Et tous à la fois. Scooterino, le Transalpin doré à l'or fin pour les week-ends, assaisonné d'une pointe de

Dave la Marrade en cas de pluviométrie intempestive. Et pourquoi pas l'ex-Super-Canon (dont je ne prononcerai pas le patronyme, fus-je trépassée), au poste envié de copain Kiwi par courrier aéropostal. Mais, *le négatif* bien sûr, il a fallu que je réclame Scooterino pour moi toute seule.

21 h 40 Quand je pense à la joyeuseté débridée de le bécoter sous les étoiles. L'astre ne me mettait pas le nerf en pelote alors. Pas plus que le radis.

21 h 42 Comment se fait-ce que je sois à nouveau domiciliée à Désastre-Ville ? Il n'y a pas deux secondes, le Transalpin me bécotait sous les cruches clignotantes, et à la troisième, il était en partance pour une soirée *dance* avec Lindsay la Nouillasse, phasme et bas de plafond de son état.

Je suis poursuivie par Vieux String Détendu. Primo, elle aguiche qui vous savez, autrement dégoisé l'individu dont je ne prononcerai pas le patronyme, fus-je trépassée, mais je ne suis pas canidée, je vous file un indice quant à son blaze. Il commence par un « R » et finit par « obbie ». Et à l'heure d'aujourd'hui, la Nouillasse s'est débrouillée pour entortiller Scooterino. Je la hais. Je la hais.

Note que tel est le résumé de la vie au petit poil. J'ai raison ou j'ai raison ? Le résumé de la mienne de toutes les manières. Au top du mêêêêêêêrveilleux le mercredi et dans un abîme de popo le jeudi.

21 h 45 Que blablatait au juste Charlie Dickens dans son célèbre opuscule *Oliver Tcha tcha tcha* ? J'y suis : « *En vérité, le monde eftoit un théâtre dont nous eftions les acteurs. Pâle fang bleu !* » À moins que ce fût Billy Shakespeare.

Va savoir. Mais qui s'en chaut ? Quel est le sens de ces billevesées ? Et comment se fait-ce qu'aucun de ces embarbés élisabéthains ne fût capable de parler un grand-britton audible ?

Quel est le sens de tout par le fait ?

Minuit Le supplice est insupportable. Combien d'heures au compteur avant que Scooterino ne me donne sa réponse ? Je ferais aussi bien de lui passer un coup de bigo pour lui narrer que je me payais une tranche de marrade en requérant d'être l'élue exclusive de son battant. Et même pousser la capsule jusqu'à lui donner mon laissez-passer pour sortir avec la Nouillasse, si ça lui fredonne. Tant que je le botte aussi.

0 h 10 Oui, mais une supposition que je le bécote juste après que Phasme Ambulant l'a bécoté, une certitude que je serais en quasi-bécotage avec sézigue. Aucun être humain n'y survivrait.

0 h 20 À ce compte-là, je préfère encore bécoter Angus.

0 h 26 Je mettrais ma mimine à rôtir que le félidé bécote mieux qu'elle.

Il n'y a pas photo.

0 h 30 Sans compter qu'il a la guibole plus avenante.

0 h 31 Plus fournie en tous les cas.

0 h 36 La petite famille en écrase sévère. Et les minous sont de sortie. J'esgourde distinctement un concert de miaulements et de crachats de chats dans le jardin. Si on s'en réfère à l'échelle félidée du temps qui passe, Gordy, dit Mini-Bigleux, est passé ado. À tous les coups, il fait mumuse avec un ballon, style Oscar, le soi-disant rejeton des Porte-en-Face, plus connu sous le sobriquet de Perverso. En fait, ce que je veux dégoiser par là, c'est que le félidé joue les gus qui tapent dans le ballon alors qu'en vérité vraie, il a la mirette qui traîne en direction des petites chatounes.

0 h 39 Tout bien considéré, il y a fort à parier que Mini-Bigleux fasse montre d'un talent supérieur à celui d'Oscar dans le tapage de ballon et le reluquage de filles, pour la bonne raison qu'il peut cumuler les activités. Facile. Une mirette sur le ballon et l'autre en tête chercheuse de félidées. Résultat des courses, sa mirette décentrée n'est ni plus ni moins que son atout secret.

0 h 41 Oooooooooooh, impossible de roupiller. La lecture d'un ouvrage bourré de sagessitude s'impose.

0 h 42 Dans mon bouquin (celui de Mutti, par le fait) *Comment séduire à coup sûr le dernier des caves*, l'auteur prétend que si je fais celle qui se sent telle qu'elle se sent, je me sentirai comme je me sens.

Allô ?

0 h 45 Je vous livre l'exemple du bouquin : Une supposition que vous alliez à une fête, en état de timidité aggravée, il vous faut entrer en arborant un sourire grand format, rejeter les épaules en arrière, lever la caboche et laisser pendre mollement vos abattis le long du corps. De la sorte, même si vous n'assurez pas une arachide, personne ne s'en apercevra !

Reçu huit sur sept. J'essaie dans la glace.

Sourire grand format, abattis en crème de marron agités d'un léger balancement. Maxi sourire, rejet d'épaules en arrière, caboche levée, balance balance. Abattis en crème de marron et balance balance.

0 h 52 Exact, j'ai l'air méga sûre de ma personne. Le seul invertébré dans le bouillon de poule, c'est que l'abattis en crème de marron agité d'un léger balancement me propulse direct dans la catégorie singe anthropoïde à longs bras. Un singe anthropoïde nommé Ralf, ça va sans dégoiser. Et quel quidam voudrait d'une orang-outane en guise de copine ? Telle est la question.

0 h 54 Je précise : Ralf, l'orang-outane sûre de sézigue, en pige-moi-ça Teletubbies. J'informe les populations que je ne porte la tenue de nuit que pour ses vertus de confortosité. Je ne me serais pas doutée qu'il me faudrait aller à une fête en pige-moi-ça Teletubbies, l'air méga sûre de ma personne.

Tais-toi cerveau.

Dimanche 19 juin

En chambre

10 h 00 Même égouttoir de l'amour.
Même micro-ondes de la marinade.
Même fabrique de... Tais-toi, tais-toi.

D'ordinaire je toucherais deux didis du désastre Sublimo à Dave la Marrade. Après tout, le garçon est conseiller allumage officiel et, qui plus est, roi de la culotte. La souvenance de la Marrade chantant : « Les collines résonnent du chant des culottes ! » continue de provoquer mon esbaudissement. Je lui demanderais bien une ration de sa sagessitude en matière de gus et des environs, mais l'expert en poilade s'est égaré du côté du tout bizarre avec son affaire de : « Et une supposition qu'on soit faits l'un pour l'autre. » Résultat des courses, l'idée de le revoir me frise le tensiomètre.

11 h 00 Intrusion de tête de Mutti dans l'entrebâillement de la lourde.

– On va à Piscineland. Ça te dit ?

– Tu es dingue ?

Tout un chacun remarquera que je m'adresse à ma génitrice avec un max de politesse et d'interrogation réunies, mais elle n'en crise pas moins.

– J'en ai assez de ta foutue insolence !

Je suis limite sur le point de lui faire remarquer que jurer dénote un manque flagrant de vocabulaire, mais renonce pour cause de fatigue excessive.

11 h 30 La famille Tape-Dur est partie sur les canotiers de roue en clownomobile, autrement dit l'auto grotesque de mon Vati à trois roues (l'auto, pas mon Vati), me laissant seulabre à château Tréfonds du Tréfonds.

11 h 35 Je m'avance à grands pas vers la démence. Je crains d'avoir à passer un coup de grelot à Maxi Enculottée, Jas pour les intimes, en espérant qu'elle ne me bassine pas avec des histoires de popo de dégarnies-souris.

Je la grelotte.

La fille est tellement égarée dans Jas-*und*-Tom-land qu'elle ne percute même pas que je réside à la fabrique de marinade. Et que je te délire et que je te délire.

– Oooooooooooooooh, c'est trop top que Tom soit rentré ! Je l'ai à peine vu hier. Mais il va venir me montrer les échantillons de flore qu'il a rapportés du Pays-du-Kiwi-en-Folie. Ça va être trooooooooop…

– Trop rasoir ?

– Faut que j'y aille, Gee.

– Jasounette Spasmounette, je peux venir te dégobiller une petite visite ? J'ai besoin de ton coup de paluche… ?

– Non.

En chambre de Jas

Heure du dej' Tandis que je gis sur la collec de peluches lamentable de Miss Frangette, au nombre desquelles moult chouettes, cette dernière minaude devant la glace. À quel exercice se livre-t-elle ?

Mézigue :

– Comment veux-tu que je me concentre sur la narration de trucs méga importants, et nonobstant bourrés de dramaturgie, concernant ma personne, ta meilleure potesse d'entre les potesses, si tu continues à imiter le poisson rouge dans la glace. Tu fais quoi au juste ?

– Je m'entraîne à pulper.

– *Le pardon ?*

– Pulper. J'ai eu un léger souci au rayon bécot hier soir avec Tom.

Ma vie a beau craquer aux entournures, les histoires de bécot éveillent toujours mon intérêt.

– Je t'écoute.

– Voilà, j'étais comme une pile en attendant Craquos.

– Te serais-tu livrée à du tripotage de frange intempestif ?

– Je n'en sais rien. Bref, quand il est arrivé, j'avais la jambe de poulpe. Mais ça m'a passé parce qu'il a sorti ses machins.

– Le pardon ?

– Oui, ses photos du Pays-du-Kiwi-en-Folie. On les a zieutées un moment, le temps que je me calme. Au fait, il y en avait une super de Robbie...

Le trop génial. Cerise sur le paquet de gaufrettes fourrées à l'affliction, voilà que je converse à propos d'un individu dont j'avais fait vœu de ne jamais parler de mon vivant.

Mézigue :

– Est-ce qu'il grattait sa gratte et dansait la gigue avec le marsupial ?

L'enculottée ne m'écoute même pas.

– Bref, au fur et à mesure qu'on regardait les photos, Craquos s'est rapproché de moi et, ensuite, il a posé son bras sur mes épaules. Et ensuite, on... on a commencé à se bécoter et ainsi de suite.

– Et ainsi de suite ? Tu peux me situer le « et ainsi de suite » sur l'échelle des trucs qu'on fait avec les garçons ? Vous avez percuté quel numéro ?

– Euh... cinq et un brin de six. C'était *le extra.* J'avais l'impression de me fondre en lui, mais ensuite... ensuite, j'ai eu comme qui dirait un spasme de lèvre.

– UN SPASME DE LÈVRE ?

Dix minutes après Il ressort de tout cela que Miss Frangette s'en donnait à tire-d'aile au rayon bécots quand elle fut soudain victime d'un spasme de lippe.

Jas :

– J'ai été prise d'une double crampe de lèvres et elles ont genre fait la pince.

– Montre comment ça faisait ?

La copine s'exécute. Nom d'un crosne affairiste ! Avez-vous déjà vu un gniard n'appréciant pas le manger que vous lui fourrez dans le bec ? Style globe oculaire exorbité, figure contractée et manger recraché tel le geyser ? *Le négatif.* Moi si, croyez-mézigue sur parole. Ma sœurette est championne toutes catégories du rejet véloce de gâteau de riz.

Jas continue sa démonstration de lippe tétanisée, quand je lui fais cette remarque :

– Excuse-moi de te demander pardon, mais ce n'est pas attractif comme affaire.

– Je suppose que je souffrais de bécosité rentrée. Ça faisait des lustres que je n'avais pas pulpé. Si bien que… tu vois quoi… j'avais perdu la main… mais ça ne se reproduira plus.

– Bien.

– Tu sais pourquoi ? Parce que je fais des exercices. Tu veux que je te montre ?

– *Le négatif.*

– D'accord. Regarde : pulpe, relâche, pulpe, relâche, pulpe, relâche. Tu piges ?

Je m'abstiens de répondre, continuant de gésir en la zieutant avec des grandes mirettes zieutantes, telles les chouettes qui m'entourent, pulper et relâcher la lippe. L'activité lui confère une ressemblance troublante avec un hybride de Mick Jagger et de demeuré pur jus. Pas forcément dans cet ordre.

À l'heure de tout de suite, la copine est en totale roue libre.

– Et pour finir *en le beauté*, pointe de langue, pointe de langue.

Notre Seigneur, quel supplice d'assister aux allées *und* venues de sa langue hors du bec, style mulot givré. Fort heureusement, l'opportunité se présente de lui fourrer un bonbec dans le clapet et je peux enfin lui narrer les navrantes aventures de mon Sublimo transalpin.

Dix minutes après Jas (mâche, mâche) :

– Je me goure ou tu lui as demandé de suivre le scénario copain exclusif, sinon tu reprenais tes billes ? *Arrivederci*, Scooterino ?

– *Le positif*, mais...

– Par le pige-moi-ça surdimensionné de la Mère Fil-de-Fer, qu'est-ce qui t'a pris ? Tu es siphonnée ou quoi ?

– *Le négatif*, Jas, je ne suis pas siphonnée. Il se trouve simplement que j'ai une copine, ton sosie pour ainsi dégoiser, qui m'a fait comme ça : « Tu devrais être tézigue. »

– Quoi ?

– Tu m'as sorti qu'être sézigue et sincère, c'était comme d'avoir un pif généreux. Style le mien. Je te régurgite ton texte intégral d'alors : « Ce n'est pas parce que tu as le pif généreux qu'il faut te précipiter au magasin de déguisement de pif. Laisse ton appendice nasal s'ébattre joyeusement sans entraves. »

– Quelle est la totale nase qui t'a dit ça ?

– Toi, Jas !

– Ah bon ? Ben, en tous les cas, je ne le pensais pas. Forcément. C'était du jus de cerveau, tu te doutes ? On faisait SEMBLANT d'être en partance pour le magasin de déguisement de pif. Comment veux-tu que je pense une seconde que tu devrais être tézigue. Plus erroné tu meurs.

Si je m'écoutais, je la truciderais sur-le-pré. Une supposition que je lance une attaque surprise contre sa frange, une certitude qu'elle s'étoufferait avec son bonbec à la noisette et on n'en parlerait plus.

Quelque dommage, l'enfrangée est tout ce qu'il y a de passionnée par le sujet.

– Arrête-moi si je me goure. Scooterino doit choisir entre tézigue et Lindsay la Nouillasse ? Fichtre, le phasme est au jus ? Si oui, tu es plus trépassée que le trépas. De loin.

À la tienne, Étienne.

13 h 30 On sonne à la lourde et, une seconde plus tard, Tom déboule dans la chambre.

Craquos :

– Salut, Georgia... Ou plutôt le bonjour, comme diraient nos poteaux kiwi ! Je suis kiwi de te voir !

Sur ce, il me file une méga accolade de derrière les bûches. Je l'apprécie d'autant plus que, à la micheline où vont les choses, ma caboche n'est pas près d'avoisiner un cardigan de garçon.

Tom pose le séant sur le paddock et nous zieute.

– Alors, les filles, de quoi vous parliez ? De rouge à lèvres ?

Jas et ma personne lui retournons une œillade chiffonnée.

Le bougre s'embourbe :

– Euh... de la paix dans le monde, de l'équipe de foot de Manchester United ? De bécots ?

Mézigue avec un max de dignitude :

– Je te ferai dégoiser que j'ai carrément autre chose à cogiter que les gus. Il n'y a pas que ça dans la vie.

Craquos :

– Alors, à ce qu'il paraît, c'est fini avec ton Sublimo transalpin ?

– *Le négatif.* Enfin... euh... ça se pourrait... Je n'en sais trop rien.

Et voilà que je lui conte toute l'affaire, parce que c'est trop chou d'avoir un garçon masculin à qui parler. Et pour un garçon, Tom est quasi au bord de ne pas être dément.

Je n'ai pas plus tôt refermé le bec que Craquos s'écroule sur les chouettes empeluchées de Jas et fait cette remarque :

– Ouaouh !

Je le zieute.

Il me rend la pareille et s'exclame :

– Ouaouhnard et ouaouphile !

Miss Frangette :

– Je sais. C'est exactement ce que je me suis dit.

Non mais ils jouent à quoi ? Aux jumeaux télépathes décérébrés ?

Mézigue :

– Tu en penses quoi au juste ?

Craquos :

– Écoute, Gee. Scooterino sort tout juste d'une relation méga sérieuse et c'est un garçon séduisant, non ? Je te rassure tout de suite, je ne suis pas en train de tourner casaque. Mais lui, oui. Il pourrait avoir toutes les filles qu'il veut.

Jas hoche du citron comme si Craquos était docteur Ruth, psychiatre à Hollywood, ou équivalent. Et si je ne me goure, elle se rapproche considérablement de sézigue. Lamentable.

L'expert en Sublimos poursuit :

– Dis-moi, Gee, tu ne penses pas qu'il a peur que tu sois un peu… euh… insolite ?

Mézigue :

– Insolite ? Comment ça ?

Tom :

– Ben, la première fois qu'il a voulu t'offrir un verre, tu t'es carapatée en dansant sur *Magnolia for Ever* de Cloclo.

Nom d'un chou pommé ambidextre ! Ne serai-je jamais libérée des fers de ma propre siphonitude ?

Mézigue :

– Qu'est-ce que tu aurais fait à ma place si tes attrape-garçons s'étaient intercollés ?

Jas toujours hochant du citron avec sagessitude à son Craquos :

– Oui, je vois ce que tu veux dire. Si ça se trouve, Scooterino a la pétoche de sortir avec Gee. Franchement, qui pourrait lui en vouloir ?

Je suis limite sur le point de lui serrer le kiki quand sa mère frappe à la lourde avec ces mots :

– Je peux entrer, ma chérie ? Papa et moi allons au jardin et ensuite, il se peut que nous nous arrêtions au club une minute faire une partie de cartes. Alors je vous ai laissé de quoi manger à la cuisine. Je sais que les jeunes sont toujours affamés ! Au revoir.

La Mutti et le Vati de Jasounette sont en partance pour le jardin ! Sa génitrice porte caoutchoucs, fute décent spécial mère et cardigan ! Et je suppute que son Vati ignore tout de l'existence des falzars en cuir. Mon Vati est propriétaire d'une clownomobile et Mutti est rentrée hier soir avec le T-shirt tête-bêche. Comment saurais-je maîtriser les us de la vie ? Pourquoi un Sublimo voudrait-il de mézigue ? Oh noooooooooooon, faites que je ne chouine pas.

Tom me décoche l'œillade et s'empresse de me poser un abattis sur l'épaule.

– Écoute, Gee. Si Scooterino ne te prend pas pour copine, il ne sait pas ce qu'il perd. Tu es super. Chacun le sait.

Même Miss Frangette s'essaie à la gentille :

– C'est vrai, ça. Tu es… euh… super et tu es trop, tu vois quoi… Tu ne serais pas tézigue si tu n'étais pas tézigue, je me goure ou je me goure ?

Que me blablate-t-elle ?

Tom, tout en farfouillant dans son sac à dos :

– Je voudrais te montrer un truc, Gee.

Nom d'un panais servile, ne me dites pas qu'il a l'intention de m'exhiber son triton. Ce n'est pas le moment. Mais Craquos me tend une pile de photos. Trop bien, ses souvenirs du Pays-du-Kiwi-en-Folie. Je me régale d'avance. Non pas.

Zieutage rapide des clichés : végétaux, végétaux, moutons, végétaux, autochtones en grosses bottes, shorts et pilosité faciale *le bizarre.* Et je ne vous raconte pas la gent masculine. Pire ! ! ! Hahahahahaha. Tais-toi, cerveau. Encore des moutons, popos de wombat, geysers, pilosité faciale, moutons, végétaux, moutons et… une photo de qui-vous-savez. Le mètre-étalon du Super-Canon briseur de battant. Faisant une méga risette à l'objectif. Des mirettes de rêve d'un bleu des fonds marins. Bronzé. Les nougats dans une rivière. En short. Une chance que j'ai repoussé sa souvenance d'une paluche de cuivre. Ça me fait couic de le voir.

Une minute après Arghhhhhhhhh. Et aussi ouaouh.

De retour dans ma chambre de douleur

19 h 00 Je me sentais telle la teneuse de chandelle de premier acabit chez Jasounette Spasmounette. Tout ce tralalère de mimines serrées et de gloussements est proprement navrant. Encore un peu et j'aurais pu être l'épouse de l'Homme Invisible. Mme Homme Invisible. C'était poutou et bécots sur toute la ligne. Et des : « Oooooooooooooh Tom, tu les aimes mes nouveaux croquenots ? » « Oooooooooooooooooh Tom, tu as vu ma nouvelle chouette ? »

Consternant. Jamais au grand jamais je ne me comporterai de la sorte face à un quelconque garçon. Note, je n'ai pas de souci à me faire de ce côté-là vu que, si Scooterino choisit la Nouillasse, je déménagerai *fissa* au monastère lesbienniste le plus proche pour le restant de mes jours.

Cinq minutes après La vie entre de plein fouet dans Popoland si je ne peux plus m'entretenir avec ma meilleure potesse sous prétexte qu'elle est trop OCCUPÉE *mit* son copain.

À ce compte-là, si elle préfère Tom à ma personne, elle devrait compter ses abattis.

J'ai l'intention de la boycotter d'une paluche de cuivre.

Un max.

Tel qu'à l'égard de Robbie.

Pas question que Super-Canon me squatte le cervelet. Je n'ai plus une chambre libre chez la marchande de gaufrettes fourrées à l'affliction. On se bouscule déjà assez comme ça.

Et de toutes les manières, mon battant ne bat que pour Scooterino.

Si ça se trouve.

Dix minutes après Je hais Miss Frangette. Ma soi-disant copine et meilleure potesse.

Mais je vais vous faire une confidence. Jamais au grand jamais, elle ne saura à quel point blessée je fus. Ma souffrance est indicible, nonobstant j'ai ma dignitude.

Et je n'y renoncerai pour personne.

Une minute après Coup de bigo à Jas.

– À ton avis avisé, quel sera le verdict de Scooterino ? Crois-tu le garçon désireux de sortir avec mézigue ? Si tu étais sézigue, tu sortirais avec mézigue ?

– Gee, ne recommence pas tes affaires d'homosexualiste.

– Jas, je te demande simplement d'imaginer que tu es sézigue et de me narrer ce que tu penserais de mézigue, si tu étais sézigue. Tu ne me préférerais quand même pas Lindsay la Nouillasse ?

– La Nouillasse a le bras avenant.

– Mauvaise réponse, Jas. La bonne est : « Bien évidemment que je te choisirais à tous les ramponneaux, Gee. Ô toi, créature de rêve. »

– Si tu connais la réponse, pourquoi tu me poses la question ?

– Au fait, c'est quoi, ces fariboles de bras avenant ? La Nouillasse est un phasme. Résultat des courses, elle a des abattis rikiki. Cependant, fait très inhabituel chez le phasme, la fille cumule les handicaps, un front stupide et des nougats itou…

– Je ne lui ai jamais vu le nougat dénudé. Toi oui ? C'était quand ?

– Jas, qu'importe que je visse son nougat, mais je mettrais mon cigare en rondelles qu'il est grotesque. De toutes les manières, cesse de délirer à propos de ses nougats. Je m'en bats la mirette avec une patte de moustique.

– Je te ferai dire que ce n'est pas moi qui ai mis le sujet nougat sur la moquette. J'essayais juste de faire la polie.

Pan, dans les quenottes, je lui raccroche au pif. Pas impossible que je sois victime d'un spasme de nerf.

Je ferais mieux de boulotter une denrée à fort taux glycémique.

En cuisine

Comme de juste, rien à se mettre sous la molaire. Je dois et je vais ingérer du sucre.

Cinq minutes après Je vous déconseille le pain *mit* sucre. C'est immonde.

19 h 30 J'ai intérêt à cogiter ma tenue de rendement de décision de Scooterino. Ce peut être un facteur décisif entre joyeuseté et tristessitude.

Pas question que le Transalpin me voie en uniforme du collège. La vêture ne ferait que lui rappeler ma condition de collégienne.

Je me demande si je ne devrais pas faire halte à la case entraînement de sourire dans glace.

19 h 40 Nom d'une courge brocardeuse, j'ai le menton colonisé par une pustulette en germination. *Le génial.* D'ici vendredi, elle se sera métamorphosée en menton additif cramoisi *mit* purulence incorporée.

Cinq minutes après Comme un fait exprès, je suis en rupture de stock de crème antipustulette. Je pourrais arroser l'intruse au sent-bon. Le taux de réussite de la technique avoisine les des fois. Vérifions les conseils de *Cosmo* en matière d'urgence pustuleuse.

Cinq minutes après À ce qu'il paraît, il convient d'appâter la pustulette pour l'inciter à mettre le pif dehors. Pour ce faire, il est conseillé d'étuver la zone. À l'aide d'un instrument à vapeur.

Dix minutes après Ça fait bien deux ans que j'ai la caboche penchée au-dessus d'une casserole d'eau bouillante, la figure telle l'écrevisse mâtinée dégoulinante de mouillé, et ma pustulette n'en continue pas moins de rôder sournoisement en s'esbaudissant.

En cas de réticence, mon cas, le truc beauté préconisé par *Cosmo* est d'appliquer un cataplasme sur la zone pustulée. Qu'utiliserai-je en guise de machin chose ? Toujours selon *Cosmo*, un sachet mousseline fourré à la plante médicinale fait l'affaire.

En salle de bains

Inventaire de la soi-disant armoire à pharmacie : deux agrumes moisis et une guibole de poupée de Libby. Qui plus est fourrée au popo de félidé. Révoltant.

En chambre de Mutti et Vati

J'ai trouvé des pansements anticors aux petons dans un tiroir. Ça pourrait faire la rue Maurice en matière de cataplasme. Je m'en colle un sur la pustulette.

Une minute après *Le trop* séduisant. Non pas. Qui a dit que l'amuuuuuuur était indolore ?

Une minute après Et qu'il sous-jaçait du pansement anticors aux petons ?

20 h 10 Ciel ! J'ai la pustulette qui palpite. J'espère que le cataplasme en pansement anticors de peton n'est pas en train de faire remonter à la surface du rembourrage de figure. Je n'ai pas la moindre intention de me réveiller démentonnée.

Errements dans la cambuse, plus seulabre que le nuage

20 h 15 Vu le peu d'intérêt que ma famille témoigne à mon égard, je pourrais aussi bien être orpheline. La cantonade s'est trissée, fredonnante et fendue de la poire, il y a un siècle, m'abandonnant avec un malheureux biffeton de cinq livres pour la journée. Ça fait des heures *und* des heures que ma parenté épouvante les populations.

Je les hais.

Je confesse un rien de chocottes d'être en solitude à la cambuse. Même les félidés ont déserté le foyer. Et une supposition qu'un évadé surgisse de la nuit et s'introduise par effraction dans la demeure et dans le dessein de subtiliser du manger ?

Une certitude qu'il ne s'attarderait pas. Foi de Georgia.

Dix minutes après Qui eût cru qu'un jour, je fusse en joyeuseté d'esgourder la stridence de la clownomobile propulsée à la puissance-poney de mon Vati ?

Retour *fissa* en chambre.

Urgence au rayon siphonnés

Une minute après Bang ! Bang ! Et fracas. Quelqu'un peut m'expliquer pourquoi les membres de ma famille ne sont pas fichus d'ouvrir une lourde en normalité ? Et se croient obligés de faire un tintamarre de tous les démons alors que certaine personne, doublement fournie au chapitre menton, tente de trouver le sommeil.

Intrusion de mère dans chambre. Il faut qu'on m'explique pourquoi elle prend la peine d'en avoir une perso.

Assise de mère sur paddock et zieutage de ma personne. Je suis quoi au juste ? Une entité zieutable ?

Mutti :

– Dis-moi, Gee. Tu peux me dire pourquoi tu as un pansement anticors sur le menton ?

– Laisse-moi tranquille !

– Georgia, qu'est-ce qui t'arrive ? Je suis sérieuse. Tu as l'air toute bouleversée. Qu'est-ce qu'il y a ?

Sur ce, je ne sais pas ce qui se passe, mais je lui expectore le morceau :

– J'ai sorti comme ça au Sublimo que je le voulais comme copain officiel et il m'a sorti en retour avec son accent trop chou : « C'est beaucoup ce que tu me demandes. » Et sur ces entre-fêtes, Dave la Marrade m'a sorti : « Et une supposition qu'on soit fait pour quelqu'un et qu'on perde ce quelqu'un. » Et là, Jas m'a sorti : « Lindsay la Nouillasse a l'arpion coquet et il se peut que Scooterino adore. » Va savoir avec le Transalpin qui est un peuple antique. Si ça se trouve, il est fan de nougat. Et là-dessus, je me suis retrouvée en situation de pustulette embusquée. Alors subséquemment, j'ai eu recours au pansement anticors de peton. Et Scooterino me fera connaître son choix vendredi. À cinq jours du jour d'aujourd'hui. Et mirabelle sur la génoise, le mètre-étalon du Super-Canon, dont je ne prononcerai pas le patronyme, fus-je trépassée, fait trempette en short dans une rivière. À tous les coups, dans le dessein de frimer devant ses poteaux wombats. Oh, *qu'est-ce que le point ?*

À vrai dégoiser, pour une demeurée pur jus et une femme qui agite ses nunga-nungas à bouche que veux-tu, Mutti est plutôt chou. Et semble percuter.

J'en suis comme seize ronds de flan car j'ai mézigue-même quelques difficultés à piger ce que je blablate.

Et je vous ferai remarquer que j'habite dans ma caboche. *Quelque dommage*, par le fait.

22 h 00 Mutti me file un poutou et je lui autorise même le câlin. Véloce. À l'esgourder, le pansement anticors de peton ne fera rien à l'affaire pustulette. En revanche, la mère de famille me promet de me fournir en crème sécheuse, pas plus tard que demain.

Et me conseille ceci : d'occuper ma personne par le truchement d'une liste d'occupations occupantes jusqu'à jeudi, histoire de ne pas égarer la boule.

Excellente idée. Constitution de liste sur-le-pré.

Deux minutes après Je vous livre ma liste :

S'entraîner à ne pas égarer la boule.

22 h 35 Mutti m'a fourré Libby dans le paddock. Mini-Givrée roupille sec, son tuba et ses lunettes de natation toujours serrés dans sa mimine. En compagnie de la statue de notre Seigneur Jésus, de son nouveau petit blaze Sandra, en tenue Barbie et maquillé de frais. Sandra est la nouvelle « gobine » de Libby. Je zieute ma sœurette dans la demi-obscurité. Elle est trop trognonne quand elle dort. Elle a le cil long et recourbé et le bec rose qui fait la moue. Je me blottis contre l'enfant. Elle se retourne dans son sommeil et m'entoure de ses petits abattis. Oooooooooooooooooooooh.

Mézigue :

– Bonne nuit, ma poupée. Je t'aime.

– Bonne nuit, Georginette. T'aibe, répond l'enfant d'une voix endormie.

Oooooooooooooooooh. Au moins une qui m'aime.

Mais voilà qu'elle ajoute :

– J'ai fait popo dans mon pige-moi-ça.

Minuit Après retrait d'urgence de ma sœurette empopotée, je rejoins enfin mon paddock de douleur, seulabre. Pas tout à fait, la pestilence et Sandra/Jésus sont restés pour le dessert.

2 h 00 Réveil en sursaut.

Je rêvais que Jésus et ma personne conversions. Notre Seigneur était en méchant renaud pour cause de robe non à Sa convenance et de rouge à lèvres en total désaccord avec Son teint. À ce qu'il paraît, le rouge faisait ressortir Son côté orange.

Je me demande si mon subconscient ne me glissait pas discreto un message, style : « Tu ferais bien de t'appliquer au chapitre religion. »

Lundi 20 juin

8 h 00 Enveloppé du Gras (mon Vati) hurlant du rez-de-rue :

– Georgia debout, TOUT DE SUITE ! Tu as cinq minutes pour descendre ton popotin !

Notre Seigneur, que l'homme est vulgaire. Et comment ose-t-il en référer à mon popotin pour couic ?

Contre toute expectative, ma sœurette déboule dans ma chambre et dans le dessein de récupérer Sandra.

L'enfant est vêtue d'un K-Way transparent et d'une culotte taille souriceau datant probablement de l'ère nourrisson. À moins, et c'est plus probable, qu'elle l'ait chourée à un infortuné bambin au jardin de gniards. Ne pas oublier de dire à Mutti qu'elle rappelle aux mères de famille de ne pas laisser leur progéniture sans surveillance quand Libby est sur zone. L'enfant avance à pas de mite pour cause de culotte naine et se glisse contre ma personne dans le paddock. S'ensuit un câlin à Notre Seigneur.

Mézigue :

– Il faut que je me lève pour aller en classe, ma poupée.

– Cajole, dorlote, me répond la douce enfant.

J'exécute le bichonnage, accompagné d'un poutou sur caboche. Toutefois, je pose la question : « Est-ce normal de poutouter du Rice Krispies ce faisant ? »

Intrusion de Mutti dans chambre en coup de blizzard et en tenue spéciale péripatéticienne ado.

– Georgia, DEBOUT ! Il est huit heures dix. Tu vas être en retard.

– En retard pour quoi ? Six heures en tristessitude au Stalag 14 à me faire torturer par les jeunesses hitlériennes et douze heures en rasage de premier choix, mâtiné famine en cambuse ?

La mère de famille ne m'écoute même pas.

– Ne fais pas l'idiote. Quelle comédienne !

Est la vie de tout un chacun telle que la mienne ?

En toilette

Dix minutes après Si seulement on était vendredi, je pourrais classer le dossier.

Scooterino ramènerait sa groseille et me tiendrait ce

langage : « Scuse, Georgia. Ne compte pas sur mézigo pour être ton copain officiel. Et comment dit le Grand-Britton déjà ? Ah, oui… À plus, nase. Nase, nase et double nase ! Tu piges le topo ? »

Après quoi, je pourrais reprendre le chemin de la tartitude et du morfondage d'us.

Une minute après Saisissement d'un bout de toast dans le dessein d'éviter le trépas. Super-Matou mâchouille un truc dans son panier avec entrain. Le félidé est mieux nourri que mézigue.

Je suis quasi à la lourde quand j'esgourde Mutti striduler telle la sirène :

– Bob, Bob, ce truc velu est en train de manger mes collants. Empêche-le ! Empêche-le ! ! ! ! Coince-le avec la chaise !

Sur ces entre-fêtes, méga raffut suivi de moult hurlements et jurons de mon Vati. Mais la mère de famille n'a pas fini :

– Mais non, tu ne t'es pas cassé la jambe, Bob. De toute façon, on s'en fiche. Attrape ce chat… Oh, non, il est dans la buanderie. OhmonDieumonDieumonDieu ! Il fait popo sur le repassage. Cette fois, c'en est trop ! Je n'en veux plus ! Je n'en veux plus !

8 h 40 En déboulant, la langue au ras du bitume, en haut de la côte de chez Jas, j'avise la copine sur son mur *mit* Tom. Les inséparables zieutent de conserve à l'intérieur d'un sac en papier. Jas s'exprime de la voix de fifille décervelée qu'elle emprunte chaque fois que Craquos est dans sa vicinalité. À cette micheline-là, je mettrais ma paluche au barbecue que Miss Frangette opte prochainement pour le zozotement.

– Ooooooooooooooooooh, Craquos. C'est

troooooooooooop intéressant. Regarde, Georgia, s'esclaffe la copine en me tendant le sac.

À l'intérieur, je vous le donne en deux : un triton ! Cela ne dépasse-t-il pas tout bonnement la vallée des Déments de première mimine pour entrer direct dans le monde des givrés certifiés conformes ?

Jas :

– Il a des couleurs méga inhabituelles. Je l'apporte en bio pour le montrer à Mlle Baldwin.

– C'est ça, super idée, Miss Lèche-Croquenots.

Mais l'enfrangée ne percute même pas que je la traite de flagorneuse tant elle est occupée à se conduire comme une nigaude avec son copain.

Tom prend la tangente au coin de la rue pour rejoindre son lycée. Mais avant cela, il pose le poutou de rigueur sur la joue de Jas. Et icelle part direct en tripotage de frange d'une intensité telle que je ne serais pas surprise qu'elle soit victime d'une crise inopinée de « tout schuss sur le disco » incontrôlable. Le « couple » réussit enfin à se décoller, mais seulement après que l'enculottée souffle des bécots à Craquos pendant un bon trillion d'années et qu'icelui fait mine de les lui rendre.

La pauvre fille est total perdue dans Jasland.

– Oh, c'est trop trop trop cool que Tom soit rentré.

Mézigue :

– Dis, c'est trop cool qu'il soit rentré, non ?

La blague lui échappe dans les grandes largeurs. Elle redémarre aussi sec :

– Oh oui, c'est trop trop trop cool qu'il soit rentré. Je ne pourrais pas ne pas avoir de copain. Ce serait trop triste. Tu imagines un peu une vie sans copain. En fait, je suppute que tu peux.

Plus peau de hareng tu décèdes. Je fais l'impasse sur le coup de latte dans le tibia pour cause de convictions non violentes et pour cause de copine marchant trop vite pour être lattée.

Je me contente de lui sortir ceci :

– J'admire ton attentionitude, Jas. Ça fiche quasi les foies cette empathie à l'égard de ton prochain.

– *Le exact.* Tu sais quoi ? Des fois, j'ai comme qui dirait l'impression que je peux lire dans les pensées de Tom.

– Sans blague ? Style quand il te zieute sans rien blablater, tu arrives à deviner à quoi il cogite ?

– *Le positif.*

– C'est marrant, moi aussi, j'y suis arrivée tout à l'heure quand il te matait.

– Ah, bon ?

– *Le positif.* J'entendais distinctement ce qu'il se dégoisait à lui-même : « Pas de chance, je me fade une abrutie en guise de copine par le truchement de l'inadvertance. »

Arrivée clopin-clopante au Stalag 14

J'ai coupé la communication avec Miss Frangette, elle est *sehr sehr* violente. Si ça se trouve, je vais être obligée de m'inscrire à un club de victimes de potesses emportées (l'Institut National d'Amies Maltraitées Individuellement Chaque Année le Lundi – l'INAMICAL).

Rassemblement

Je me poste à la frontière nord du rang du Top Gang, à côté de Rosie. Pas à ma place d'us, en vicinalité du rottweiler Jas. Mon ex-potesse distribue des bonbecs à la ronde et à Ellen, Jools, Mabs et Roro, en clandestinité, mais je m'en bats le globe oculaire avec une patte de termite pour la bonne raison que je la fouette glacé. Je vous ferai dégoiser que si elle a un copain, c'est grâce à mon doctorat en filature. Sans mézigue, elle serait toujours Miss Tristessitude sur l'étagère de la vie.

Une minute après Comme bibi.

Oh, Notre Seigneur.

Même le « tout schuss sur le disco » exécuté de l'épaule par Roro sur l'hymne du jour : Jérusalem, ne déclenche pas la risette habituelle de ma personne. Nonobstant, lorsque la même fredonne : « Jérusalem fut-elle construite ici parmi ces sombres culottes sataniques ? », j'avoue un court-jus instantané et une co-marrade avec le Top Gang. S'ensuit illico une intimation au silence de la part des jeunesses hitlériennes.

La Mère Fil-de-Fer, notre bien-aimée dirlo taille éléphantiasis, a passé la cinquième sur la boîte de vitesses de la gelée massive. Elle porte un ravissant sweater d'un jaune canari inusité, dont la fabrication a sans doute requis le concours de dix ovins. En cas de pétard de Miss Gelée Royale, l'ensemble de l'édifice tremble sur ses fondations, chaque étage dans son coin perso. Quintuples mentons d'un côté, bajoues de l'autre et flotteurs du troisième. Une supposition que le catch de flan géant existe, une certitude que la Mère Fil-de-Fer serait championne toutes catégories.

Une minute après Et que je te bourdonne et que je te bourdonne. Bâille, bâille. De quoi délire-t-elle au juste ?

– ... Ne pas traîner pour rien dans les toilettes... À mon époque, on s'estimait heureux si on avait pour tout toit une chaussure... Plus que dix-neuf jours avant la première de *Macbeth.* J'espère que vous avez averti vos parents…

Et bla bla bla. Compte sur mézigue.

Mais voilà que du brouillard épais de tartitude me parvient à l'oreille de canidé de garde que je suis mon patronyme. En revenant à la nage vers la conscience, j'esgourde Fil-de-Fer déclarer ceci :

– Georgia Nicolson et Rosie Mees vous êtes convoquées dans mon bureau tout de suite après le rassemblement.

Oh, Notre Seigneur, quoi encore ?

Je balance l'œillade à Rosie qui me la renvoie aussi sec. Je lui hausse de l'épaule, et elle me hausse de l'épaule en retour. Je zieute le Top Gang *mit* haussement d'épaules et elles me rendent la pareille (les copines, pas les épaules. Je ne voulais pas avancer par là que mes hauts d'abattis avaient une vie perso au rayon haussement).

De quoi l'autorité pédagogique nous accuse-t-elle encore ?

Tandis que nous déambulons dans le monde merveilleux du haussement d'épaules, Œil-de-Lynx surgit de nulle part, telle la fiancée de Dracula, et nous éructe ceci :

– Cessez de hausser les épaules !

Mézigue à Roro :

– Sauf erreur, le haussement d'épaules a été promu délit de première criminalité. Ne t'avise pas de secouer la tête par le truchement de l'inadvertance, pour l'amour de Notre Seigneur.

Devant le bureau de la Mère Fil-de-Fer

Dix minutes après Dans la salle d'attente de la pétoche en compagnie de

Roro et de deux petites sixième qui se tripotent la natte avec le trouillomètre à moins dix.

Roro :

– Tu as souvenance des sœurs Craignos et de leur crise de tranchage de nattes ?

Ah, les Craignos, Jackie et Alison. Les immondes avaient réussi à propulser la terreur vers des sommets inconnus avant de prendre la lourde de l'établissement scolaire pour cause de dérobage dans les magasins. C'est aux Craignos que nous devons le concept de petite sixième à usage de fauteuil. Dans un moment d'inspiration massive, elles avaient même peaufiné le divertissement en collant une petite choupette sur un banc. Lors de leur campagne d'éradication de la natte, elles s'adonnaient à la coupe à la tire de bouts de tresses de petites sixième et les accrochaient à leur sac à dos tel le scalp.

Rosie :

– Je me demande ce qu'il est advenu des Craignos ?

Mézigue :

– Avec un chouia de bol, elles sont passées détenues.

Deux minutes après La Mère Fil-de-Fer commence les hostilités par les mouflettes qui ressortent cinq minutes plus tard, la figure telle la tomate, la chouinade à plein régime et le hoquet volumineux. Je leur file un essuie-crotte de pif et leur pose la question :

– Qu'est-ce que vous avez fait ?

Rouquinette :

— On... on... a dessiné un mulot avec un... un... soutif... sur le tableau... en... en bio.

Mézigue :

– Toutes mes félicitations, les poupettes. Continuez de la sorte. Nous comptons sur vozigue.

Roro leur octroie la tape sur l'échine sans y aller avec le dos de la fourchette. Encore un peu et les gosses recrachent leurs poumons.

Rosie :

– Félicitus, petitus idiotus.

Sur ces bonnes paroles, les jouvencelles partent en joyeuseté.

Mézigue :

– Je me plais à penser que les bambines admirent en nous des exemples de femelles.

Roro :

– *Le positif.* Nonobstant ne perds pas des mirettes que tu es démente.

Et c'est là que retentit la voix de notre bien-aimée chef :

– Entrez !

Subséquemment, nous voilà sur la ligne de départ d'un remontage de bretelles pour un forfait que, je mettrais ma pogne au grille-pain, nous n'avons pas commis. Toutes catégories de forfaits confondues.

La Mère Fil-de-Fer écrit à perte de vue et à son bureau. Le fauteuil sur lequel elle a posé séant (à moins que Miss Mammouth lévite) est total dissimulé par sa gélatineuse. Je me demande si elle a le siège renforcé ? Je mettrais ma paluche à l'allume-gaz qu'elle se fournit au débit d'articles pour cirque. Imaginez la taille de sa baignoire ! Oh noooooooooooooon, j'ai une Fil-de-Fer en nudité dans la caboche !

Trois siècles plus tard, la dirlo lève les mirettes.

Je le répète : de quoi nous accuse-t-on au juste ?

Fil-de-Fer :

– Je vous rends ceci.

Ouaouh ! Une première dans les annales de l'humanité ! Fil-de-Fer me tend un sac. Dedans, les cornes de bison ! ! ! Les cornes de bison, le retour ! Yesss ! Celles dont Jasounette et ma personne avions fait l'acquisition au Pays-du-Hamburger-en-Folie à l'intention du Top Gang. Je file l'accolade aux cornes en me remémorant la première fois où je portai la parure. À l'époque, je caracolais à dos de tabouret-canasson au Gaylords et au son de : « Fouette cocher ! » Que nul quidam ose prétendre que le Hamburger ne nous a rien apporté au rayon culture à part Elvis. Pour tout dégoiser, comme je le proclamai maintes fois à l'intention de ceux qui m'écoutent (traduction : personne), nous devons reconnaissance éternelle à nos minuscules poteaux hamburgers pour des choses en *le grand quantité*, au nombre desquelles les mots en « c », tels : cornichon, cul-terreux, ça gaze, euh... cornes et ainsi de suite.

Marmelade *queen-size* est toujours en parlote.

– J'apprécie la plaisanterie autant que n'importe qui, mais il y a un temps et un lieu pour ça. Se coiffer de cornes de bison en cours d'allemand est déplacé. Le comble est que vous êtes intelligentes, mais vous gâchez vos chances par des bêtises. Vous ne trouverez pas de poste de bécasse plus tard, croyez-moi.

Je me retiens de lui répliquer que la Mère Wilson en a bien dégotté un, mais comme Gélatineuse Ire vient très justement de le déclarer, il y a un temps et un lieu pour tout et le temps, c'est des pépettes.

La récupération des cornes me met en contentement et m'amène à penser à la Mère Fil-de-Fer en des termes plus amènes. La grosse chose éléphantine n'est pas si mauvaise que prévu, en réalité vraie. Au moment de mettre les rideaux, j'envisage de la gratifier d'une imitation désopilante de l'extraterrestre, en accompagnant ma prestation d'un : « Je vous offre ma mandibule en signe de paix. » Mais finalement, euh... mauvaise pioche.

Il semblerait que Herr Kamyer se soit pointé au boulot en tenue de demeuré par le truchement de l'inadvertance. Il a le falzar tellement en dessous des normales saisonnières que la vêture penche dangereusement vers le bermuda. Sans compter que le germanophone n'a aucune excuse pour porter un pourpoint sans manches à motif diamant envahissant. Même s'il a été élevé au biberon fourré à la saucisse.

Je décoche l'œillade à l'homme. Le spectacle qu'il offre mettrait du baume au battant de n'importe quelle mirette en souffrance. Mais zieuter sa personne vous met la mirette en souffrance. On peut toujours compter sur l'expert en short en cuir à bretelles pour battre tous les records de nasitude. Le voilà qui me rend la semblable au rayon œillade *mit* clignement et nous sort ceci :

– *Gunten Morgen*, Georgia *und* Rosie.

La copine et mézigue claquons illico des talons et répondons à l'aimable civilité :

– *Jawohl Kommandant.*

Je me laisse choir à côté de Roro à ma place confo du dernier rang. Certains dispensateurs de savoir nous interdisent de nous asseoir en vicinalité, Roro et mézigue, pour je ne sais quelle raison aliénée que j'ignore. Un truc qui aurait à voir avec un déficit d'attention. Je sors mes denrées alimentaires et pose ma caboche sur mes abattis, histoire de piquer un petit somme. Mais je sens des mirettes en boutons de croquenot posées sur mézigue. J'ouvre la paupière. C'est Jas. En train de me reluquer. Reluque tant que tu veux, Miss Reluqueuse de ma personne. Elle décède d'envie de savoir pourquoi nous avons été convoquées, Rosie et moi, au QG du remontage de bretelles et en sommes revenues avec la méga banane. Elle peut toujours se gratter pour apprendre quoi que ce soit sur ma personne à partir de désormais.

Un quart d'heure après Impossible de roupiller en bonne et due forme en cours de germain. Je suis encore à deux mètres des bras de Morphée que les hurlements commencent. Et c'est des *Achtung ! Schnell ! !* et *Raus raus !* en veux-tu en voilà. Et autres *Spangleferkel* en surabondance ! ! Nom d'un brocoli inventif ! Maintenant que je suis réveillée, je ferais aussi bien de m'occuper les didis. Aussitôt dégoisé, aussitôt fait. Je sors les cornes de bison de leur sac et réveille Roro d'un coup de coude.

Mézigue :

– Zieute mes genoux.

Rosie :

– Comme je te l'ai déjà fait savoir, Gee, tu es la gussette choupette et tout le toutim, mais je ne suis pas intéressée.

– Non, pour de vrai, zieute. Un zieutage profond. Régale tézigue du spectacle. La corne de bison est rentrée à la cambuse !

Sur ce, j'exécute une petite chorégraphie à base de corne montée sur paluche.

Rosie :

– Sonnez hautbois, résonnez musettes ! La marrade est de retour !

Récré

Le positif, même si je reste échouée sur l'égouttoir de l'amuuuuuuuuuuuur, je peux trouver réconfort auprès des cornes de bison. Tandis que les copines et ma personne nous dirigeons mollement vers le QG du

Top Gang, derrière le terrain de hand, je leur fais cette déclaration :

– En vérité, je vous le dégoise, je le sens dans mes globules, la corne de bison n'est ni plus ni moins qu'un symbole d'espérance. Conséquemment, le fait que la Mère Fil-de-Fer me les ait rendues est un coucou évident que nous adresse Notre Seigneur petit Jésus. En vérité, je vous le dégoise, nous sommes à l'aube d'une nouvelle ère.

Ellen :

– Est-ce que... euh... tu... euh... tu veux dire par là que les populations vont se tourner vers la spiritualité et retourner à la nature et prendre soin de la terre et...

La fille a perdu le citron ou quoi ?

Ma personne :

– Non, ce que je veux dire par là, c'est que Scooterino sera à mézigue, mézigus, méziga.

Je lance l'affirmation au Top Gang, excluant l'enculottée, que je méconnais puissance méconnaissance. Miss Frangette me rend la pareille en faisant celle méga intéressée par les balivernes d'Ellen.

Votre serviteuse à l'ensemble du Top Gang sauf qui vous savez :

– À ma façon, je me languis de l'automne car la saison de la feuille qui choit est synonyme de retour du béret. Imaginez un peu la scène, mes potesses : un matin frisquet de la nouille au Stalag 14, une journée grise qui attend nozigues, bourrée de lesbiennistes en perversité et de soi-disant pédagogues en sadicité. Mais voilà qu'au sommet de la colline, une fois passés les gus de Foxwood incendiant leurs petottos et faisant les George, apparaît une apparition propre à faire exploser le thermomètre à bonne humeur. Est-ce *le possible ?* Est-ce *le véritable ?* Se découpant sur le ciel, une vision à sectionner le souffle. Le retour du Top Gang en uniforme hivernal. Fièrement coiffé de son béret *mit* cornes de bison en pièce jointe. Yessssss !

Les potesses me décochent illico le salut Klingon. Si ça se trouve, l'avenir se montrera clément.

Deux minutes après En arrivant au QG, Rosie endosse ses cornes et déambule de-ci *und* de-là, appréciant toute la magnificence de ses ornements. Une fois l'intégralité du Top Gang coiffée, je saisis la parole :

– Sauf erreur, je crois le moment *le idéal* pour répéter la devise du Top Gang, dans la mesure où certaines personnes, dont je tairai le patronyme pour leur éviter la chope de honte, et je parle de tézigue, Jas, font l'impasse sur les valeurs du Top Gang pas plus tôt un garçon dans les environs.

Miss Frangette reste coite et redresse ses cornes *mit* lissage de frange. Redoutant une attaque de violence telle celle du matin, je me plaque Rosie en bouclier pour cause de cheville en souffrance.

Roro :

– *Le positif.* Une pour toutes et toutes pour une et un pour la route et le toutim.

Voyant Jas demeurer en tripotage de frange, Rosie pose un abattis autour de mézigue et un autre autour d'icelle et nous tient ce langage :

– Que le passé soit le passé, serrez-vous la paluche et que la loi de l'allumage règne.

Zieutage collectif de nos personnes par Mabs, Jools et Ellen.

Mabs :

– Une pour toutes et un pour la route et toutes pour une.

Je tends la mimine en *first*, ce qui est *sehr sehr* choupi, si on veut bien considérer que c'est bibi qui a été offensée par l'entremise d'un coup de latte. Mais c'est tout mézigue. Toujours la première à proposer la paluche de la camaraderie.

Au bout d'une minute de petite durée, Jas tend la sienne. Rosie lève alors sa pilosité sourcilière et le Top Gang hoche sagement (non pas) du bonnet.

Roro :

– Et maintenant, accolade.

Miss Frangette me passe la mini-accolade et je lui renvoie l'ascenseur. Dans le cours de l'action, un contact inter nunga-nungas se produit et je bondis tel le saumon avec ces mots :

– Euh… accolade collective, accolade collective.

L'accolade collective me fait quasi sortir les mirettes des orbites. Jools, qui a crevé le plafond au rayon excitation, vocifère :

– Une pour toutes et toutes pour une et toutes dans une pour… Bref, hip hip hip houra pour les Grands-Brittons et le Top Gang ! ! !

Nous parachevons la célébration par une matelote (dite gigue du matelot dont je réclame la maternité spontanée, car après tout, la nation grande-britonne est navigatrice et connue de par le vaste monde pour ses matelotes).

Sur ces entre-fêtes, Lindsay la Nouillasse et Monica la Trop Consternante déboulent de derrière un bosquet, leur badge de surveillante en fanfare. Degré de nullité sur l'échelle de la nullitude ? Le max. Les deux cerbères passent la journée à nous filer le train. N'ont-elles donc pas de vie sale ? La Nouillasse s'est fait un truc effarant à la caboche. Sa perruque a pris un pied pendant le week-end (ce que je veux dégoiser par là, c'est que sa tignasse a grandi de douze pouces et non que la Nouillasse a un nougat qui lui sort du cigare, note que ça m'étonnerait moyen). L'effrontée s'est fait poser des extensions ! Erreur de premier choix. L'allongement capillaire est en voie de pulvériser tous les records de nasitude.

La Nouillasse :

– Aaaaaaaaaah ! Alors, les pisseuses, vous répétez un jeu pour votre prochaine soirée pyjama ? Vous y servirez quoi ? De la limonade et des biscuits ?

Comment Scooterino peut-il ne serait-ce qu'envisager de la bécoter ? Beurk et contre-beurk ! Je me redresse avec un max de dignitude et rajuste mes cornes qui ont comme qui dégoiserait légèrement glissé sur ma mirette dans le feu de la matelote.

Mézigue :

– Ta perruque est inhabituellement... euh... inhabituelle, Lindsay. Si tu me permets.

– Je ne te permets rien du tout. Pas même de respirer.

La cloche sonne la fin de la récré, mais Vieux Phasme n'a pas fini.

– Dépêchez-vous de rentrer. Si l'une d'entre vous a une minute de retard, je vous colle toutes un blâme pour indiscipline.

Oooooooooooooh, trouillomètre à moins cent. Non pas. Nonobstant nous cheminons vers le bâtiment des sciences *mit* force grommellements *und* jérémiades.

La Nouillasse en vociférant derrière nozigue :

– Et retirez ces cornes, espèces d'idiotes !

Mézigue :

– Charmante ! Quelle charmante charmante gussette ! Quel que soit le bout par lequel on la prend, charmante !

16 h 15 Retour en cambuse et en compagnie de Jas et Roro. Jas pousse même la capsule jusqu'à me prendre par l'abattis. Miss Frangette ne supporte pas d'être non potesse avec mézigue, *le réel.* Surtout qu'un truc proprement immonde et *sehr le caca* s'est produit.

Roro :

– Je n'en crois pas mes petons que nos cornes aient ENCORE été confisquées. À combien se situe le Stalag 14 sur l'échelle de la merdicité ? Hors concours est la réponse. Je propose qu'on écrive aux journaux pour leur exposer notre cas. Vu le trauma, on est quasi sûres de passer droguées à dix-sept piges.

Mézigue :

– Ça faisait à peine deux heures qu'on les avait retrouvées. Trop nul. Retour à la case décornées.

Jas :

– Et en plus, on est collées deux soirs.

Mézigue à Miss Frangette :

– Dis-moi, ma grande, tu as déjà songé à faire remonteuse de moral pour les mal-portants en hosto ? Si *le positif*, oublie... C'est mon conseil.

Roro :

– Quand on a entonné le disco bison en bio, je croyais la Mère Baldwin en train de zieuter le triton de Jas.

Miss Frangette :

– *Le positif.* Elle était même *sehr* intéressée par ses couleurs méga inhabituelles. D'après Tom, ce serait le seul en fait de son espèce qui...

Bibi :

– Jas, ça t'ennuierait de fermer ton clapet ?

L'enculottée prend aussitôt la guêpe et me fait :

– C'est le carambolage de tabourets qui a fait tiquer la Mère Baldwin.

Tierce caca.

Mais l'enfrangée n'a pas fini de m'assaisonner :

– On aurait encore pu s'en tirer. Mais il a fallu que tu fasses ton insolente.

Quoi ? Quoi ? Pourquoi est-ce ma faute ? J'apostrophe Miss Serrée-du-Popotin de la sorte :

– Pourquoi le didi de la honte pointe toujours vers ma personne ?

Jas toujours en mode délire :

– Parce que, quand la Mère Baldwin t'a demandé ce que tu traficotais, tu lui as répondu que tu célébrais un jour de fête viking. Forcément, elle a crisé.

Hou ! ! ! ! ! ! !

Une fois Miss Frangette partie rejoindre ses pénates, Roro et bibi nous livrons à une séance gambade, histoire de réalimenter la pompe à bonne humeur. Nonobstant, je pense que nos jours de gambade sont comptés, dans la mesure où j'ai le nunganungas *sehr sehr le trop* pesant. Obligées de nous reposer sur un banc près du parc.

En cambuse

Pas de siphonnés à l'horizon. Profitons-en pour nous effondrer sur le canapé.

Oh, Notre Seigneur ! Mardi, mercredi, jeudi et tout vendredi avant de connaître mon sort d'amuuuuuuuuuuuuuuur. Quelqu'un peut m'expliquer pourquoi le Transalpin a besoin d'une semaine pour réfléchir ? Pourquoi ne m'a-t-il pas déclaré tout de go : « Évidemment que je veux être ton copain officiel et de nulle autre que tézigue. Tu es une Super-Coquine de toute première fraîcheur. »

Dave la Marrade l'aurait fait.

Une minute après À propos de Marrade, il me manque, mais je ne me sens pas de lui passer le coup de bigo. Je n'ai toujours pas percuté où il voulait en venir avec ses déclarations sous-esgourdant que je ne pigeais couic au rayon mézigue et sézigue. Piger quoi ?

D'après lui, nous n'étions en jeunesse qu'une fois et il fallait laisser notre allumage ruer dans les brancards.

Le garçon serait-il désireux de dresser mon allumage ?

Serait-ce cela ?

Dix minutes après En m'annonçant qu'il me donnerait son verdict au bout d'une semaine, Scooterino comptait-il en temps de gus ou de gussette ? Si une fille annonce une semaine, c'est une semaine. Dans le cas du garçon, semaine peut signifier « ravioli » ou « radiateur ». Et quand je gratifie le Top Gang d'un « À plus », je lui indique simplement « À plus tard. » Or pour la gent masculine, « À plus » fait parfois office de synonyme de : « Je te largue. »

Vingt minutes après Oh, cette affaire est trop *le rasoir.* Je file au parc perfectionner ma déambulation bourrée de soi-disant confiance en mézigue. Au milieu des végétaux, j'aurai la place pour balancer franco des abattis. Je verrai si le subterfuge fonctionne et subséquemment, si un quelconque quidam est total bluffé par mon assurance.

Au parc

Nous y voilà. Donc par le fait, rejet d'épaules en arrière, balancement d'abattis, déambulation, déambulation et balance, balance. Petons devant mézigue en bataillon impeccable. Le tout agrémenté d'un léger va-et-vient de hanche. Car nul n'ignore que le va-et-vient de hanche attrape le garçon tel le miel. Balance, balance, hanche, hanche. Aaaaaaaaah, ça marche. Je me sens *sehr* sûre de mézigue. Le bonjour, le végétal, je suis bourrée d'assurance. Levage de caboche.

Et qui avisè-je ? Dave la Marrade en virée avec ses poteaux. Je n'ai pas revu l'expert en poilade depuis son affaire de : « Et une supposition qu'on soit sortis ensemble ? » Je vous en supplie, pourvu qu'il fasse le normal et ne me fouette pas glacé. La Marrade prend conscience de ma personne et me reluque du trottoir d'en face, sans risette afficher. Oh, non. C'est trop *le abominable.* Il refuse désormais d'être ma potesse. Je suis limite sur le point de chouiner.

Mais voilà que l'expert en poilade s'égosille :

– *Ciao,* Georgia. *Ho due gatti e un maialino !*

Mézigue :

– Allô ?

La Marrade :

– Je croyais que tu adoooooooooorais l'idiome mozzarella et le Transalpin. Et le coup du sac à pogne à l'aube. Et les : « Ooh, as-tu vu mon adorable falzar ? », « Ooh, gaffe, la pluie va me ruiner la perruque. »

Nom d'une échalote sens dessus dessous, il est en méchanceté et me tient la rancune. Il va me la jouer Dave la Non-Marrade. Mais l'ex-expert en ce que vous savez me décoche le sourire, qu'il a proprement souriant et choupi. Le soulagement est immense. Je lui renvoie la risette sans freiner les velléités d'expansion de mes naseaux car je suis en total contentement d'être son poteau. Je vous ferai cependant remarquer que le garçon ne traverse pas la voie ni couic, il poursuit son chemin *mit* ses acolytes. Et me lance un dernier :

– Hé, la donzelle, je me goure ou tu n'as pas percuté

ce que je te déclamais en idiome du Pays-de-la-Mozzarella-et-Tomates-à-la ?

– Euh, si.

– Euh, *le négatif.*

– Ça se pourrait.

– Ça se pourrait, mais que nenni. Je t'ai dit : « J'ai deux félidés et un petit goret. »

– Même pas vrai.

– Et alors ?

Sur quelle planète est-il rendu ?

Sur ce, il se tapote le pif et me sort ceci :

– À vendredi à la répète de *MacFesse.* Prépare ta culotte !

Petit impertinent.

N'empêche, la Marrade s'est montré plutôt amical. Et si ça se trouve, il est toujours en amitié avec mézigue. Oh, pourvu.

Deux minutes après Je ne percute toujours pas ce qu'il entendait par : « Et une supposition que quelqu'un vous botte et qu'on laisse ce quelqu'un se faire la valise. »

Parlait-il vraiment de nozigue ?

Dois-je en conclure qu'il serait désireux d'endosser le costume de copain officiel de moi-même ?

Deux minutes après Pourquoi prétend-il qu'il a deux félidés et un cochonnet ?

La planète gus est décidément un mystère de première nécessité.

Le fait est *le indiscutable.*

Sans l'ombre d'un scepticisme.

Dans ma rue

Oscar est devant sa cambuse. Il tape dans la baballe, un casque sur les esgourdes et de la barre chocolatée dans le bec.

– Ça boume ? me sort Perverso en se croyant cool à décès.

Quelque dommage, la baballe quittée des mirettes par sézigue passe par-dessus le mur. L'apprenti pervers fait aussitôt celui qui l'a fait exprès et tombe sur les rotules en poussant un « Yesssssssssss ! » de forte puissance comme s'il avait marqué un but.

Non mais *qu'est-ce que le point* chez les gus ?

10 h 00 Trop dégueu. Mutti prétend que SuperMatou lui a boulotté le collant et me demande de le récupérer au cas où je le verrais poindre du popotin d'Angus !

Bibi :

– Ne me dis pas que tu es juste en collant au point d'en revêtir un qui a transité par le postérieur d'un félidé ?

– Non. Je veux simplement l'étrangler avec.

Cette femme est décidément *sehr* violente et déraisonnable.

En paddock

23 h 00 Us et abus de cogitation positive *mit* balancement d'abattis de-ci *und* de-là pour cause d'invention de discours d'acceptation destiné à Scooterino qui m'aura comme de juste nommée copine officielle.

Je vous livre le fruit de mes élucubrations : « Aaaaah, Massimo, quelle délicieuse surprise de te voir… Ooooooooooooh, espèce de monstre velu ! ! ! »

Cette toute dernière exclamation ne fait pas partie du discours. Mini-Bigleux vient simplement de sauter de l'armoire en se servant de ma caboche comme piste d'atterrissage intermédiaire, histoire de ne pas se meurtrir les coussinets en plongeant direct au sol.

Bref, revenons à nos ovins : « Aaaaah, Massimo, *che bella sorpresa !* Quelle adorable surprise de te reluquer ce... » Flûte ! Comment dit-on « ce soir » en transalpin ? *Ce soiro* ? Cela ne se peut. Il risque de penser que j'évoque mon pige-moi-ça. Je vérifierai tout à l'heure dans mon bouquin *Le Mozzarella pour les demeurés pur sucre*. Bref, revenons à nos brebis : « Ainsi, tu serais en volonté de m'avoir comme copine. Je ne te cache pas que ce serait *molto bello*. Arrivée derche hi !

Concision et venue direct au fait sont les deux mamelles de la réussite.

Mardi 21 juin

7 h 30 J'ai rêvé de Scooterino mais, au lieu de s'exprimer *mit* accent à se pâmer, le Transalpin me sortait des trucs du style : « C'est au poil rasta poile » ou bien « Ferme ton clapet, fiston. » Mais le plus affolant, c'est qu'il fredonnait dans un groupe répondant au doux sobriquet de Boulette Boys ! Pendant un de leurs concerts, Scooterino avançait vers mézigue et me faisait : « Prends ton haut de survêt, tu as tiré le gros lot. » Et tandis que nous chevauchions à dos de motocycle, il entonnait *En passant par la montagne avec mes sabots*. Je me suis réveillée, l'échine dégoulinante de sudation glacée. Quel peut être le sens de cet intermède onirique ?

18 h 00 Combien de temps encore avant la fin de cette torture ? D'une esgourde, les jours s'écoulent au compte-gouttes, style gastéropode dépressif. Et de l'autre, vendredi va rappliquer en moins de quelques heures. Oui, mais combien ? Si on considère qu'à l'heure de maintenant, il est 18 h 00, ça nous fait encore six heures aujourd'hui, plus vingt-quatre demain, plus… euh… à quelle heure le Sublimo me bigophonera-t-il vendredi ? Va-t-il partir de l'heure à laquelle il m'a annoncé sa sentence pour dans une semaine ? Ce que bibi ferait. Au quatrième top, il était exactement 17 h 45 vendredi dernier lorsqu'il prononça la phrase fatidique, donc cent treize moins cinquante-quatre et je retiens vingt-deux, une semaine toute ronde nous amène à vendredi prochain, 17 h 45. Mais avec la gent masculine, on ne sait jamais sur quel peton danser. Et une supposition qu'il compte sa semaine à partir du moment où il était rendu dans ses pénates. Ce qui nous emmènerait vers les 18 h 15… Mais une supposition qu'il ne soit pas rentré direct chez sézigue. Et qu'il ait fait un crochet par les débits de denrées alimentaires, et ensuite soit tombé sur un poteau. L'un dans l'autre, il aura donc franchi le seuil de sa cambuse sur les coups de 20 h 00. Oh, Notre Seigneur !

18 h 30 Coup de grelot à Jasounette en état de totale désespérance (ma personne, pas Jasounette).

– À ton avis perso, tu penses que Scooterino me bigophonera ou qu'il passera chez mézigue ?

– Euh… Je n'en sais rien.

– Oui, mais tu en penses quoi ? Qu'est-ce que tu

ferais si tu étais en situation de me révéler si oui ou non tu voulais sortir avec mézigue ?

– Euh… Sauf que je ne veux pas, Gee. Je te le dirais tout de go. D'ailleurs, c'est ce que je fais.

– Jas, tu fais preuve de ce qui est marqué dans le dico à la ligne « demeuritude » !

Forcément, et comme de juste, l'enfrangée se chiffonne sur-le-pré. Je ne suis pas d'humeur à supporter ses chiffonnades. J'enchaîne illico :

– Et qu'en pense Craquos ?

– Ne quitte pas, je lui demande.

Nom d'un topinambour répressif, ils sont soudés par la hanche ou quoi ?

Retour de la potesse quelques minutes plus tard.

– Tom dit comme ça qu'il va enquêter sur le terrain pour voir s'il peut glaner une ou deux infos.

Je lui octroie *le merci*, mais au tréfonds de ma personne, je ne passerais pas mes didis au sécateur que ce soit l'idée du siècle de laisser Radio Jas découvrir des pots aux lys, voire aux tulipes.

20 h 30 Tom a atelier billard ce soir et, à ce qu'il paraît, les Stiff Dylans disputeront une compète. OhmonDieumonDieumonDieu.

Minuit Jas m'a certifié sur facture qu'elle me ferait un topo demain car Tom doit lui bigophoner dès potron-minou. Comment voulez-vous que je roupillonne dans ces conditions ?

En train de défoncer la lourde de chez Jas

7 h 50 C'est la Mutti de l'enfrangée qui m'ouvre, lavée de pied en cap et en tenue de mère. La risette au coin des babines. Fichtre ! Tout est tellement normal et reposant chez Jas. Pas étonnant que ma potesse ait un copain et qu'elle ne reste pas en permanence échouée sur l'égouttoir de l'amour. Elle a été élevée selon le mode d'emploi et non propulsée dans le présent par des demeurés pur fruit tels que mes géniteurs.

La Mutti de Jas à mézigue :

– Veux-tu un toast, ma chérie, ou peut-être un œuf dur ?

Un œuf dur ! ! ! ! Ouaouh, on se croirait dans le *Club des cinq*. À ce tortillard-là, le Vati de Jas va débouler en bondissant tel le cabri, une banane grand siècle en travers de la bobine et un journal à la pogne.

Une minute après Le Vati de Jas déboule en bondissant tel le cabri, une banane grand siècle en travers de la bobine et un journal à la pogne ! Mais je ne suis pas au bout de mes estomaquades. Le père de famille me sourit, mais ne me dit couic. Couic. *Le trop génial !* Pas d'interrogatoire maison ni de blague à la noisette, il se trisse pour aller lire son journal. Tel le père convenable. À tous les coups, il a une bouffarde.

Une minute après *Le positif !* Il a une bouffarde ! ! ! ! ! !

Et il ne l'allume même pas. Il se contente de la suçoter gentiment sans agacer les alentours avec la fumée et tout ce qui s'ensuit.

J'en suis comme treize ronds de flan.

Sur la route du Stalag 14

8 h 30 En expectative du compte rendu de Jas sur l'affaire billard. Mais pas question de la questionner, j'ai ma dignitude. L'enfrangée chantonne sans queue ni tête. *Sehr* irritant. Et embraye bientôt sur son rôle de Lady MacFesse dans la pièce du même patronyme. Qui s'en chaut de la Mère MacFesse ?

Jasounette :

– Dis, Gee, tu t'es entraînée à chouiner pour la scène où Macduff découvre que sa femme et ses rejetons se sont fait trucider ?

Inutile de répondre, un zieutage appuyé suffira. Si elle pense que c'est à moi de me perfectionner en chouinade, elle se fourre le didi dans le globe oculaire. Ce sera à sézigue, si elle persiste encore à me débiter des billevesées.

Mais Miss Frangette est aussi sensible que le parpaing. Elle poursuit sans autre forme de procédure :

– Tu te rappelles ma scène de la tache ? À ton avis, il faut que je dise : « DISPARAIS misérable tache » ou bien : « Disparais, MISÉRABLE tache » ou bien « Disparais, misérable TACHE » ?

C'est la goutte qui fait déborder le soliflore. Si elle croit que je peux m'entretenir de tache à un moment pareil, la fille est plus démente que je ne le pensais. Ce qui est proprement impossible.

Mézigue :

– C'est hors sujet que ce soit tache ou TACHE.

Rechiffonnade de premier chiffon.

– Eh ben, moi, je pense que toute la pièce repose sur ça, Gee.

– Je m'en contretamponne le coquillard avec une patte de hanneton de la pièce. Je te répète que ta tache est hors sujet parce que le jour de la représentation, tu seras plus décédée que le décès. À moins que tu me relates sur-le-pré ce qu'il advint au club de billard hier soir. Qu'a dit Craquos ?

La copine ne semble pas très à l'aise dans ses croquenots. Et se met à triturer sa frange. Je résiste à l'envie de lui baffer la paluche.

Jas :

– Ça te dirait de la gomme à mâcher ?

– *Le négatif.*

– Et un bonbec ? J'ai ceux que tu préfères et…

– Jas.

– Mais n'oublie pas qu'on ne tire pas sur l'ambulance. À moins que ce ne soit sur le pianiste.

– Allô ?

– Je te le dis parce que tu me l'as demandé. Ce n'est pas ma faute par le fait.

Rassemblement

Résultat des courses, la Nouillasse s'est pointée à l'académie de billard et elle a bavassé avec Scooterino pendant vingt minutes de montre. Après quoi, elle s'est trissée. J'ai bien essayé de lui tirer les vermisseaux des naseaux pour savoir si la converse Nouillasse/Scooterino avait un caractère bécotal, mais Jas m'a répondu que son Craquos était retourné faire mumuse au billard. Du mâle tout craché. Obsédé par les niaiseries. Tom est incapable de décrire la tenue de la Nouillasse au rayon vestimentaire, mais Jas a droit à un compte rendu complet des points et minutages des parties.

Qui s'en chaut ?

Ma vie est en *double caca*. Et demi. Et c'est un fait.

Récré

Le Top Gang fait son max pour faire remonter ma jauge à joyeuseté. Mais même Roro entrant en classe, le couvre-fesses fourré à la jupe, comme si de couic n'était, ne parvient pas à me divertir.

Et mirabelle sur le mille-feuille, je suis sûre que Lindsay la Nouillasse agite ses rallonges capillaires grotesques de-ci *und* de-là telle la simplette comme un fait exprès dans le but de me signifier qu'elle s'est entretenue avec Scooterino. Avec un morceau de chance, elle se les coincera dans un casier et sa tête de phasme se détachera de son abdomen.

En paddock

19 h 30 Sous les couvrantes. En couvre-feu.

Intrusion de la mère de famille telle la tornade.

– Qu'est-ce que tu fais au lit, Georgia ?

Mézigue depuis ma grotte :

– Je m'entraîne au lancer de poids et autres fariboles.

Non mais à son avis, qu'est-ce que je peux faire en paddock, toutes loupiotes éteintes ?

Forcément, l'ire la prend illico.

– Georgia, j'en ai assez de ton insolence. Ce n'est pas ma faute si tu es obsédée par je ne sais quel garçon. Et je ne suis pas ta servante non plus. Tu rentres à la maison en laissant traîner tes affaires partout. Je suis une personne et pas uniquement là pour nettoyer derrière toi, faire la cuisine et la lessive.

Cette dernière affirmation me galvanise en dépit de ma dramaturgie. Je me redresse son mon séant et retire les rondelles de concombre de mes mirettes.

– La cuisine et la lessive ? Cuisine ? ? Vaisselle ? ? J'ai mangé un pauvre sandwich au fromage au dîner et je te ferai dégoiser que je sortais de deux heures de maths ! Et c'est bibi qui s'est fait son manger. Et Gordy en a boulotté la moitié pendant que je fouillais désespérément dans le frigo à la recherche d'un végétal dans le dessein d'échapper au rachitisme. Or par le fait, il y avait bien un truc vert dans le frigo mais, tu m'excuseras, j'apprécie moyen la MOISISSURE.

Mutti vociférant :

– J'ai une idée. Pourquoi TU ne nettoierais pas le frigo pour une fois ? Et de toutes les manières, n'ai-je pas le droit d'être moi-même ? Tu sais très bien que j'ai aérobic le jeudi. Ça me permet de garder la ligne.

Mézigue :

– Erreur.

Sur ce, la mère de famille gicle de ma chambre en confusion mâtinée grogne-grogne et gros nœnœil.

– Tu es HORRIBLE, Georgia ! ! ! !

Et elle claque la lourde. Dieu que cette femme est puérile !

19 h 45 Au chapitre horrible, c'est icelle qui le dit qui l'est.

20 h 00 Quelle heure est-elle ?

Elle n'est que huit heures. Oh, Notre Seigneur.

21 h 00 Impossible de sommeiller. Si ça se trouve, je vais être acculée à faire mes devoirs de *le bel France* pour m'extraire Scooterino et la Nouillasse du cigare. De quoi au juste le livre parle-t-il depuis vingt minutes ?

21 h 10 Et en avant, Simone. Chapitre quatorze. Mauricette et Léon et leur prodigieuse excursion au bois de Boulogne. Quelqu'un peut m'expliquer pourquoi les deux jouvenceaux sont tellement jouasses à l'idée de se promener dans une quelconque futaie ? J'ai comme qui dégoiserait l'impression de me fader la version baguette-à-béret de l'idylle Craquos/Miss Frangette. Une supposition que j'écrive un bouquin intitulé *Jas* und *Tom et leur prodigieuse excursion au bois de Boulogne.*

Une certitude que personne ne l'achèterait pour cause de tartitude extrême de l'ouvrage.

Le samedi

Jas a dit mit *sa bouche le stupide : « Oooooooooooooh, c'est le splendide, c'est la triton la merveille ! ! ! »*

Tom a dit : « Oh le là là là là. »

La idiotes chantent : « Le négatif, je ne regrette couic ! ! ! ! »

Et patati *und* patata. Quelle marrade ! ! ! Je me demande ce qui se passe ensuite. Je décède d'impatience ! Si ça se trouve, le couple rencontre un *la gastéropode* et… zzzzzzzzzzzzzzzzzzzzzzzzzzz.

LIMITE SUR LE POINT DE SOMBRER DANS LA DÉMENCE

Vendredi 24 juin

L'aube Le passereau passe, le nuage nuage, le battant bat. Et une supposition que Scooterino me retrouve après le Stalag 14 ? Que dans un élan spontanéiphère, il décide de venir me chercher au bahut ? C'est typique du garçon, comme initiative. La gent masculine fait total l'impasse sur les préparatifs de première nécessité : maquillage, planification d'état d'âme et tout ce qui s'ensuit.

Nom d'un rutabaga polyglotte !

Et une autre supposition que le Transalpin ne soit pas fan de la différence d'âge, inutile de lui offrir le spectacle ridicule de mézigue en chemisier et cravate collégiaux. Impératif de première impérative, prendre un change de tenue, au cas où. Je filerai telle l'anguille au QG de la Tartine après la répète de *MacFesse*.

Une minute après Et une tierce supposition qu'il ne soit pas au jus de la répète de *MacFesse* et qu'il se pointe à l'heure d'us de l'ouverture des portes de prison ?

Même si je m'en tiens au minimum (brillant, trompe-couillon, mascara), il me faudra dix minutes pour appliquer le tout, sans compter le change de vêture. Oh, je suis trop *le stressée*. Pourquoi faut-il que j'aille en classe ? Je m'y rends depuis une décennie et où ça m'a menée, je vous le demande ? Au collège, voilà où !

7 h 40 Remplissage de sac à dos *mit* change de tenue *und* maquillage de survie. Résultat des courses, il n'y a plus de place pour mes bouquins et mes devoirs. Qu'est-ce que j'y peux ? De toutes les façons, je vous ferai dégoiser que je ne fréquente l'établissement scolaire que pour éviter à mes Mutti et Vati de finir au bagne. Nonobstant, je me demande pourquoi je prends cette peine. Mutti me fouette toujours glacé. Cette femme est décidément *sehr sehr* immature.

8 h 10 Elle ne me passe même pas le bonjour ni le zieutage quand j'entre telle la brise dans la cuisine. La mère de famille est toujours en grogne-grogne et gros nœnœil rapport à ce que je lui ai déclaré sur sa ligne. Style qu'elle n'existait que dans ses rêves. Si ça se trouve, j'ai poussé la capsule un peu loin.

8 h 15 Si ça se trouve *le négatif*. En se baissant pour tendre une cuiller à Libby, histoire de filer la becquée à ses « gopains » soldats, Mutti envoie valdinguer sa tasse de thé d'un coup de nunga-nungas.

8 h 20 Je me fends d'un « À plus » en quittant les lieux, mais Miss Flotteurs Géants ne me rend pas la pareille.

Ce qui n'est pas le cas de ma petite sœur chérie, *quelque dommage.* Mini-Givrée me file le bécot avec ces mots :

– Tiens, ton manger, Georginette.

Et elle me tend un bout de soldat tartiné à l'œuf qu'on pourrait difficilement qualifier de non mâchouillé.

8 h 30 Jas est en soi-disant décontracture. Plus horripilant tu trépasses et manque limite de me faire sombrer dans la démence.

Tout ce qui m'intéresse, c'est ce qu'elle suppute quant à la décision du Sublimo transalpin. L'enfrangée est parfaitement au sent-bon qu'on est le jour W. Elle la joue en philosophitude au chapitre ma situation, tel le moine à forte pilosité faciale.

Jas :

– *Que será, será.* Advienne que pourra. Ce n'est pas à nozigue de prédire l'avenir. *Que será será.*

– Si tu me redégoises *que será será*, tu t'exposes à une distribution de ramponeaux.

L'enfrangée hausse sa pilosité sourcilière, mais je mettrais ma caboche au billot qu'elle répète la phrase honnie exprès dans son for intérieur.

Rassemblement

Obligées de passer devant Vieux String Détendu et sa potesse Monica la Trop Consternante pour ramper sous le préau. Pas trace d'Œil-de-Lynx, canidé de nonzieutant et Oberführer, trois en une. Notre Seigneur, faites qu'elle n'ait pas été enlevée par des calmars et par le truchement de l'inadvertance.

La Mère Fil-de-Fer est en total look marron, ce qui lui confère une ressemblance troublante avec une boulette de viande géante. Comme d'us, elle a une déclaration méga déprimante en réserve :

– Du calme, mesdemoiselles.

L'ensemble du Top Gang résiste à l'envie de se livrer à une séance de roucoulades de pigeons au vu des naseaux fumants de la dirlo.

Fil-de-Fer :

– Il m'a été rapporté que certaines d'entre vous roulaient leurs jupes à la taille pour les raccourcir. Mme Slack m'a même dit avoir aperçu ce matin un groupe de jeunes filles dont elle a cru, de loin, qu'elles n'avaient pas de jupe du tout. Cette habitude est ridicule et donne mauvaise réputation à l'établissement. Je vous demande d'y renoncer immédiatement.

Continue à délirer, pourquoi t'en priver ? Non mais l'autorité pédagogique n'a donc pas d'autres préoccupations ? Qu'y a-t-il de si délictueux à montrer une portion de rotule dans le dessein de dérider la nation ?

La Mère Fil-de-Fer en a fini avec l'affaire rotule et embraye illico sur un topo encore plus *le rasoir* :

– À présent, les consignes en cas d'incendie, un sujet très important et très sérieux. M. Attwood a quelque chose à vous dire.

Mézigue à Roro :

– Pourvu que ce soit « adieu ».

Roro :

– Sauf erreur, il n'était pas en retraite ? Comment se fait-ce qu'il soit toujours de ce bas monde et n'ait pas intégré la giga maison de vioques spéciale gardiens de collège du firmament ?

Elvis fait l'ascension de l'estrade et rajuste ses loupes.

– Merci, madame la directrice. Je regrette d'avoir à déclarer que, pendant la répétition de la pièce de théâtre, la semaine dernière, il a été fait un usage illégal des extincteurs au cours d'incidents. Les extincteurs ont été utilisés pour ce que des idiots appellent des « batailles de mousse ». J'ai moi-même personnellement été pris à partie dans une de ces soi-disant batailles et je recouvre tout juste l'usage de l'oreille gauche. Mais encore plus grave, un garçon de Foxwood a pris mes couvertures ignifugées pour les mettre sur le cheval-d'arçons. Lorsque j'ai demandé au coupable pourquoi il avait soustrait un élément essentiel du dispositif antifeu, il m'a répondu (et là le gardien jette une mirette à son carnet de cafteur) : « J'ai pensé que le canasson aurait froid parce que, même si on est en juin, les nuits peuvent se montrer frisquettes de la nouille. »

Le Top Gang est victime d'un spasme de marrade, transformé aussi sec en toux convulsive, histoire de ne pas se prendre un ticket d'entrée pour le festival du blâme. Je n'avais plus souvenance de l'épisode Dave la Marrade/cheval-d'arçons. J'aurais dû me douter qu'Elvis rapporterait.

À ce propos, il parle toujours :

– Est-ce que, s'il avait pris feu, ce garçon aurait trouvé drôle que la couverture qui m'aurait servi à l'éteindre ait disparu ? Y en a-t-il une parmi vous qui comprend l'ironie de la chose à présent ?

Je lève une demi-mimine, mais la Mère Slack étant de garde au rayon remontrance en l'absence d'Œil-de-Lynx, je transforme la chose en grattage d'esgourde.

Serpentins et mirlitons ! La Mère Œil-de-Lynx s'est fait porter pâle, elle révise sa compo de haine antiélève à un quelconque congrès (sans doute celui des amateurs éclairés de cruauté). Je mettrais mon citron à la scie sauteuse qu'elle revient la semaine prochaine *mit* fouet *mit* berger germain. Revers radieux de la médaille, je peux me tartiner la figure en veux-tu, en voilà cet aprèm'. Les seuls pédagogues sur le pont sont la Mère Wilson et l'expert en choucroute, Herr Kamyer. Houuuuuuuuuura ! ! !

Derrière le terrain de hand

Récré Mézigue au Top Gang :

– J'ai trooooooooooop les nerfs en pelote. Je sens le spasme dévastateur foncer droit vers mézigue, suivi tout de suite après de sa collègue dépression méga. Si je fumais, vous ne verriez pas ma caboche pour cause de fumée. J'aurais dix clopes au bec, plus une bouffarde. Je vous en supplie, délivrez-moi la parole apaisante.

Ellen :

– À quelle heure… à quelle heure il va t'appeler… Note, est-ce qu'il t'a dit qu'il t'appellerait ou bien est-ce qu'il t'a fait « À plus » ?… parce que dans ce cas-là, enfin je veux dire, s'il t'a fait le coup du « à plus », ça signifierait que… en fait, je ne sais pas ce que ça signifierait.

Bibi :

– Merci du fond du battant pour ton intervention, Ellen.

Jools :

– Je pose la question. *Qu'est-ce que le point* du garçon exactement ?

Mabs :

– *Le pardon ?*

Jools :

– Non mais en vérité vraie, à quoi sert au juste de se le fader ?

Rosie :

– Au bécotage.

Jools :

– Bien vu, la taupe. Mais à part ça ? Prenons Rollo.

Il me botte et ainsi de suite. Mais le programme varie peu. Il se pointe, on va au cinoche et on se bécote. Ou on fait une balade et on se bécote. Ou on se bécote seulement. Sauf que par le fait, je ne comprends couic à ce qu'il raconte la plupart du temps. Il me sort par exemple des trucs style : « J'ai la collec complète de l'édition originale de *Pif Gadget.* » Que suis-je supposée en penser ?

Le Top Gang dans son ensemble hausse de l'épaule en signe de soutien.

Rosie :

– Là où tu te mets le didi dans le globe oculaire, c'est que tu te crois obligée de lui adresser la parole. Je ne te raconte pas comme c'est reposant d'avoir un copain non grand-britton et en sus givré.

Jas monte illico sur ses grandes culottes équidées :

– Je pense que tu te goures, Rosie. Tom et moi faisons beaucoup de choses ensemble, qui dépassent de loin le simple bécotage.

Mézigue :

– Oh, oh.

Mais l'enfrangée s'est trissée dans Jasland.

– Ce qui est important, c'est de choisir un garçon avec qui on a des trucs et des machins en commun.

Oh, Notre Seigneur, faites qu'elle n'embraye pas sur les mollusques.

Rosie, qui se fourre le bec au roulé à la confiture, laisse soudain tomber un obus :

– Je suis à trépas d'accord avec tézigue, Jas. C'est pour ça que Sven et mézigue allons nous épouser.

Allô ?

Le Top Gang est en mode zieutage total de Roro.

La copine nous retourne la pareille.

Mézigue :

– *Le négatif.*

Roro ouvre sa boîte à reblochon et me montre son roulé à la confiote à demi boulotté. Nom d'un fenouil labellisé ! Le surmenage engendré par la fréquentation du géant des steppes glacées la placerait-elle en tête du championnat de démencitude ?

Deux minutes après En dépit de mes efforts pour lui faire admettre qu'elle se paye notre caboche dans les grandes largeurs, Roro persiste à revendiquer une stature de future conjointe.

Moi-même :

– Cette histoire de fiancée officielle t'est tombée dessus quand ? Il y a une seconde ? Quand tu te faisais tartir en écoutant Jas nous bassiner avec sézigue et Craquos ?

Rosie :

– Tu es trop soupçonneuse comme fille, Gee. Sven m'a fait sa demande pas plus tard qu'il y a plein de semaines.

Mézigue :

– Comment peux-tu savoir ce qu'il blablatait ? D'us, nul quidam ne le percute.

– Ses mirettes ont parlé pour sézigue.

– Tu veux dire que ton Esquimau maousse a la mirette parlante ?

La fille me débite des fariboles, doublées de billevesées *und* de balivernes.

Ce qui n'empêche pas Ellen de s'emballer plein pot à l'idée des prochaines épousailles imaginaires de Roro.

– J'adore les mariages. Je peux être ta demoiselle d'honneur ?

Roro :

– *Le positif*, Ellen. Vous pouvez toutes. J'envisage sérieux de demander à Herr Kamyer de faire la dame d'honneur. Il a pile poil la guibole pour.

Tandis que la cloche sonne la fin des réjouissances récréatives, je sors à Roro :

– Et tes vioques, ils en pensent quoi ? Ils sont genre total en joyeuseté de savoir que leur progéniture se marie à quinze ans et demi *mit* un siphonné de première glaciation ?

– *Le positif* à décès.

Maths

Même si je sais qu'elle raconte des culottes géantes, Roro a réussi à me détourner de ma vie perso. Il m'arrive par la médiation de l'intermittence d'oublier que je suis vautrée sur l'égouttoir de l'amuuuuuuuuuuuuuuur.

Deux minutes après À ce propos, plus que quatre heures au compte à rebours. Je ferais bien de songer à m'entartiner de première couche de trompe-couillon. Je vous livre le programme : première couche de *mit* rehausseur de carnation *mit* première couche de mascara en maths. Suivis de seconde couche de *und* première d'ombre à paupières en physique. La Mère Wilson fera l'impasse sur l'enguirlandage. Et même si elle risquait la tentative, je lui ferais gober que le tartinage me file la paluche pour entrer dans mon personnage. Car, comme nul ne l'ignore, le gentilgus du Pays-du-Loch-Ness-et-Monstre-du se peinturlurait en bleu et ainsi de suite.

Cinq minutes après Je vous ferai dégoiser qu'appliquer du mascara limite couchée sur son bureau dans le dessein de ne pas se faire repérer tient grosso *und* modo de la cascade. Franchement, plus tartante et inutile que la scolarité, il n'y a pas. La Mère Stamp remet le couvert au rayon Pi, ce qui me rappelle que j'ai comme qui dirait un petit creux. Je me demande si Jasounette Spasmounette aurait des trucs et des machins comestibles par-devers sa personne.

Roro fait passer un mot aux alentours :

Chères potesses,

Sven et mézigue nous sommes mis d'accord pour un mariage viking en l'honneur des origines d'icelui. Ce qui signifie qu'il va falloir se muscler des biscotos car, comme l'us l'exige, la future et le futur sont transportés à dos de fausse chaloupe dans toute la cité. Je propose que l'ensemble du Top Gang se mette à la diète *fissa*. Et je songe particulièrement à tézigue, Ellen. En aucun cas, je ne tolérerai de gâchis de festivités pour cause de plus petite ombre de gras double.

Votre affectionnée,

La future

P.S. Liste de cadeaux de noces en cours.

P.P.S. Entre-temps, le premier bout de truc à boulotter sera le bienvenu.

Réponse de mézigue :

Chère future épousée

Avec un peu de chance, les cornes de bison seront de retour pour la noce. Au fait, c'est pour quand ?

Ton attentionnée,

Une potesse qui te veut du bien.

Récré d'aprèm'

Résultat des courses, le mariage est prévu pour les vingt et une piges de Roro.

Bibi :

– Scuse si j'ai raison, mais ça nous fait dans plus de cinq ans.

Rosie :

– *Le positif.* Mais le mariage viking ne se prépare pas dans la précipitation. Il faut trouver des cuves.

– Des cuves ?

– *Le positif.* Pour le chouchen et ainsi de suite. Ça te dirait que je te montre la version viking du « tout schuss sur le disco » que je verrais bien en danse du banquet ?

– *Le négatif*, j'ai la première couche de trompe-couillon qui va se faire le bagage.

– Pas de ça, Lisette. Tu vas ADORER !

Roro nous oblige toutes à nous traîner jusqu'au terrain de hand dans le dessein de nous faire une démonstration de sa nouvelle chorégraphie. En moins de temps qu'il ne faut pour le dégoiser, on est toutes en gigue au son de *Mon beau sapin.* La potesse est sans conteste une experte de renommée mondiale en Pays-du-Renne-Glacé, mais elle ne connaît pas la moindre complainte viking.

Mézigue :

– Mais le célèbre *Edelweiss* de *La Mélodie des culottes* est pile poil dans le créneau, je me goure ou je me goure ?

Mais comme d'accoutumé, Miss Culottes-Collé-Monté saute sur l'occase :

– Je te signale, Gee, que c'est une chanson autrichienne. Et je te ferai dire que l'Autriche n'est pas Svenland.

Et c'est reparti. Cette fille est obsédée par les contrées et leur emplacement sur la globosphère.

Moi-même :

– Écoute, Jasounette, c'est une danse viking *le tradi-*

tionnel et primo, Roro ne convole pas avant cinq ans et, si ça se trouve, jamais. Et deuzio, de toutes les manières, on ne sait pas de quel hémisphère vient Sven. Et terzio, tu me cours sur le pois gourmand et tu oublies de te rappeler que je suis perchée sur l'égouttoir de l'amuuuuuuuuuur.

Et toc, ça lui cloue le bec. L'enfrangée ferait mieux de penser un peu plus à autrui qu'à sézigue.

Ce qui est mon cas.

Nonobstant, j'ignore pourquoi, car en réalité réelle, l'activité est méga *le rasoir* et oiseuse.

Dix minutes après Les potesses et ma personne ont conduit le « tout schuss sur le disco viking » au stade de la perfection. Même si c'est mézigue qui l'affirme, le quadrille scandinave est un triomphe. Et quand la corne de bison aura regagné ses pénates, l'ensemble aura un je-ne-sais-qui mâtiné esbroufe saupoudrée d'un zeste de nom d'un poivron arc-bouté.

Juste avant que nous n'abordions un aprèm' de popo *le véritable* et *le certifié* sur facture (physique), Rosie hurle à qui veut l'esgourder :

– Une dernière fois. Et c'est parti ! Mon beau sapin, roi des gorets. Que j'aime ta ceinture ! !

Le Top Gang au grand complet embraye illico sur la gigue. Tape du nougat, tape du nougat à gauche, coup de latte à gauche, coup de latte. Levage d'abattis, coup d'arme blanche, coup d'arme blanche à gauche (dans le dessein d'illustrer l'aspect pillage de la peuplade). Puis tape du nougat, tape du nougat à droite. Coup de latte à droite, coup de latte. Levage d'abattis, coup d'arme blanche, coup d'arme blanche à droite. Véloce tourbillon sur sézigue-même *mit* hissage de paluches en l'honneur de Thor (ou est-ce que je sais). Puis levage de (supposée) corne à usage de gobelet à gauche, corne à usage de gobelet à droite, élévation de corne vers le firmament, totale secousse de corps, regroupement des ballerines et chute sur rotules *mit* cri victorieux :

– Corrrrrrrrrrrrrrrrrrrrrrrrrne ! ! !

Yesss !

Répète de *MacFesse*

16 h 10 Opération prémaquillage de la phase maquillage achevée. En partance pour le préau, j'avise Lindsay la Nouillasse en train de passer une savonnette aux deux petites sixième auteurs du portrait du mulot en soutif. L'effrontée a plaqué les choupettes contre un mur. Elles ont visiblement le trouillomètre en dessous du niveau de la mer. Si ça se trouve, elles ont vu les rotules de la Nouillasse. Je l'esgourde les apostropher de la sorte :

– Pourquoi étiez-vous à l'extérieur du bahut à midi ? J'attends.

Les deux mouflettes ne répondent couic. Elles la zieutent en clignant des mirettes comme si la Nouillasse était une pieuvre arrivée en bondissant sur ses tentacules pour les passer à la question. L'erreur est aisée dans la mesure où Vieux String Détendu n'a pas été livrée au rayon front et qu'elle est enrichie de rallonges capillaires. Je me demande si Scooterino a vu sa bobine dernièrement ? Oh, *le positif* qu'il l'a vue. J'ai à l'instant souvenance du désastre billard. *Le caca.* Et quelle lamentablitude de suivre Scooterino à la trace ? Tout ça pour dégoiser que Pieuvre des Campagnes est toujours en surrégime.

– Alors ? Que faisiez-vous dehors ?

Les sœurs Pitchoune passent illico au gros débit de sanglots et Rouquinette répond :

– Je n'en... saiiiiiiiiiiiiiiiiis rieeeeeeeeeeeeeeeeeeeeen.

La Nouillasse :

– Ah, tu n'en sais rien. Voilà ce que j'ai décidé. Je vous laisse réfléchir à la question. Jusqu'à ce que la mémoire vous revienne. Et pendant que vous réfléchirez, vous n'aurez qu'à nettoyer les placards de gym lundi après les cours.

Non-Rouquinette :

– Mais j'ai.............. snif snif... violon, le lundi.

La Nouillasse :

– Tu avais violon. Disparaissez !

Les deux chouinades sur pattes s'éloignent dans le couloir *mit* force couinements. En passant à côté de Miss Pieuvre des Campagnes, je lui décoche le zieutage qui trucide. Mais sans couic dégoiser. Je me contente de poser les mirettes avec insistance sur la zone supposée de son front si elle n'avait pas été oubliée au planning des livraisons. La Nouillasse lève aussitôt la pogne, style comme si elle sentait une antenne lui pousser sous la pilosité sourcilière. Hahahahahaaha yessss ! Bingo ! La campagne de fixation du non-front continue.

La Nouillasse :

– Tu es maquillée ?

– C'est pour *MacFesse.*

L'autre a déjà un nougat dans le foyer qu'elle me sort encore :

– Un petit conseil, la pisseuse. À te voir suivre Massimo à la trace, tout le monde te prend pour une dévergondée. Et ça te fait ressembler à ce que tu es. Une petite idiote, lamentable et toc. Je te trouve grotesque et Massimo aussi. Il est trop gentil pour te le dire, mais tu lui fais vraiment pitié. Alors sois gentille, cesse de te couvrir de ridicule. Il est trop bien pour toi.

Même si je la hais de haine pure et sais qu'elle

raconte des bobards, je sens nonobstant un fort fard m'envahir.

Cinq minutes après Le Top Gang est en plein bouchonnage au QG de la tartine en vue de l'arrivée imminente des gars de Foxwood. Le bahut dans son ensemble est en alerte hystérie de toute première hystérie. J'avise même des petites sixième *mit* brillant sur lippe. Ceci tient de la démence dans la mesure où nous ne sommes pas cloîtrées en cloître que je sache. Dès qu'il y a du gus dans l'air, certaines perdent toute self-contrôlitude. Impossible d'avoisiner la glace dans le dessein d'une ultime vérif au rayon maquillage, mais j'aime à penser que je suis parvenue à un *look* plus naturel que la nature. Pas comme Ellen. L'experte en rien a la couche de brillant si *le épaisse* que ça étonnerait moyen le quidam de base d'apprendre qu'elle a plongé bec baissé dans un pot de sirop de fraise. Jusqu'à Miss Frangette qui se recourbe le cil à la pince à ! Pourquoi ? Craquos ne fait même pas partie de la troupe *MacFesse*.

Mézigue :

– Tu peux m'expliquer pourquoi tu te fais de la frisette de cil alors que ton soi-disant copain est aux abonnés absents ?

Et là voilà qui me débite des niaiseries à base de Lady MacFesse, déclarant comme ça que le cil bouclé entrait direct dans la catégorie détail historique. Et que d'ailleurs à ce propos, elle comptait revêtir le sous-vêtement lacé sous sa robe et ainsi de suite, et que je te délire et que je te délire. Si seulement j'avais fermé mon clapet.

Je fais un rapport au Top Gang de la déclaration de Vieux String Détendu.

Jools :

– Quelle canidée de choix !

Roro :

– Miss Pieuvre des Campagnes raconte des CALEMBREDAINES ! !

Mabs :

– Trucidons-la. Personne ne s'en apercevra.

Les potesses sont vraiment chou et procurent le conseil de bon aloi, mais je demeure comme le débitait très justement Elvis (Presley, pas l'autre), toute secouée.

En gambadant vers le préau, je sors à Jasounette :

– La Nouillasse m'a pratiquement accusée de filer au tortillard Scooterino. Comment peut-elle avancer un truc pareil ?

Jas :

– Elle a total raison. Sauf qu'elle ne le sait pas.

– D'où tu sors cette nouvelle divagation ?

– Je me goure ou tu as essayé de localiser Scooterino au Pays-du-Hamburger-en-Folie ?

– Ben, *le positif*, mais...

– Tu as souvenance que tu as bigophoné à tous les Scarlotti de New York...

– Ben, *le positif*...

– Et que, pour finir, tu as commandé des nouilles chinoises à emporter... à New York. Alors qu'on était à Memphis.

Oh, Notre Seigneur, opte pour la vérité historique, si ça te fredonne.

Bibi :

– Je te signale que c'était pile poil avant que j'entre en maturosité.

L'enfrangée s'esclaffe bruyamment.

Ce qui lui donne l'air d'une total demeurée.

Cinq minutes après Et une supposition que Scooterino soit à la grille ? Glissons-nous discreto dehors en décontracture dans le but de vérifier cette supputation.

Deux minutes après Traversée des extérieurs en longeant les terrains de sport *mit* cap sur la grille. Pas trace du Sublimo. Je me livre vite fait à un hanche, hanche, secousse de perruque, secousse de perruque au cas où le Transalpin serait dissimulé quelque part. Je ne suis pas plus tôt arrivée à destination que le Père Attwood surgit d'un bosquet en total look siphonné : salopette *und* casquette *und* extincteur. C'est quoi, son problème ?

Le gardien ensalopetté :

– Que faites-vous là, jeune fille ? Vous devriez être sous le préau. Si je ne suis pas informé de l'endroit où se trouve l'ensemble du personnel, il se peut qu'il y ait des victimes inexpliquées.

Ne me dites pas que l'humain en est arrivé là !

Retour en QG de la tartine en vue d'une ultime vérif maquillage

Dix minutes après Notre Seigneur, je peux à peine ouvrir les mirettes pour cause de mascara intempestif. Je suis limite au bord de succomber à une attaque de nerf et tout le toutim. Et reine-claude sur le kouign-amann, j'ai le tensiomètre en légère vrille à la perspective de revoir Dave la Marrade.

En approchant du préau, j'apostrophe Jasounette de la sorte :

– Et si on se livrait à un « tout schuss sur le disco viking » dans les coulisses et dans le dessein de montrer à la Marrade *und* poteaux que la sarabande *MacFesse* a commencé ?

Jas :

– À mon avis perso, la Marrade n'a aucune envie de voir ce que tu pourrais lui montrer, si tu vois ce que je veux dire.

Je lui décoche l'œillade funèbre, mais la pauvre fille ne percute pas ce que je veux dégoiser. En esgourdant l'enfrangée prononcer le nom de Dave la Marrade, Ellen s'engouffre aussitôt dans le taxi de l'agitation fébrile :

– Tu as bien dit... euh... que Dave... euh... la Marrade ne voudrait rien... rien voir... de ce que Georgia pourrait lui montrer... euh... je veux dire... qu'est-ce que tu entends par là ?

Morceau de chance, c'est le moment où nous entrons sous le préau et la turbulence d'Ellen est noyée sous les acclamations des « mâles » et leurs cris de bienvenue : « Nunga-nungas ! ! ! ! ! »

Dave la Marrade est en tête du cortège et fait celui qui retient ses collègues. Il nous harangue ainsi :

– Circulez, jeunes filles. Il n'y a rien à voir. Rien à voir.

Tel l'agent de la force publique après un accident d'automobiles.

18 h 00 Après une heure et demie de total tohubohu que la Mère Wilson persiste à nommer « répétition », nous sommes enfin libérées du Stalag 14. Je m'esquive deux secondes au QG de la tartine, histoire de rouler ma jupe et d'enfiler mon haut noir à trou-trous. Le Top Gang est toujours en disposition *MacFesse*. Roro peaufine sa « mirette de triton » qu'elle ponctue dorénavant de « miam miam ». Je mettrais ma pince à rissoler qu'elle se livrera à la chose le soir de la représentation et subséquemment nous serons toutes guillotinées.

Nonobstant, ce serait un morceau de chance masqué. Je vous ferai dégoiser que je squatte toujours l'égouttoir de l'amour et que si je m'écoutais, je ferais étape au service pipi et Cie toutes les cinq secondes. Et une supposition qu'il soit là ? Quelle est l'attitude idoine ? Glaciosité à tous les étages ou soupçon d'horizons prometteurs sous-jacents ? J'oblige le Top Gang à gambiller devant moi dans le but d'apparaître à ses mirettes sous mon meilleur angle.

En traversant la cour, je constate illico que le Transalpin n'est pas en expectative de ma personne à la grille. D'une certaine manière et pas de l'autre, je suis plutôt soulagée. J'en ignore la raison. Au moins, je n'aurai pas à me fader les mirettes exorbitées de toute une chacune posées sur mézigue se ridiculisant devant lui. Ou m'évanouissant, ce qui n'aurait pas manqué d'advenir. Ou mieux encore étant victime d'un incident foudroyant au rayon institut du popo.

N'empêche, Scooterino m'a déclaré qu'il me rendait son verdict dans une semaine. Or, par le fait, la semaine n'a pas débuté à la grille du Stalag 14, je me goure ou je me goure ? Elle a commencé à ma cambuse. Conséquemment, inutile de me mettre le foie au bain-marie avant d'avoir rejoint mes pénates.

Deux minutes après Je me demande si Scooterino saisirait la poilade de rentrer chez sézigue en Top Gang ou s'il considérerait la chose un chouia impubère. Je précise que ledit Gang ne s'adonne pas toujours à la claudication en simulant les Quasimodo. Mais uniquement lorsque cela s'impose. Style, pendant les trajets *le rasoir* ou les cours. Je suis aussi capable que la première venue au chapitre démonstration de maturosité. Non pas.

Dix minutes après Sur ce, la Marrade *mit* poteaux surgissent tel le malin d'un bosquet et manquent nous faire choper l'infarctus. La caboche d'Ellen atteint des sommets de cramoisi qui me font craindre une explosion têtale. Je me sens toute chose, style en contentement, d'avoir la Marrade en vicinalité. Même si ça ne fait pas plus de dix minutes de montre que je l'ai vu la dernière fois.

Deux minutes après L'expert en poilade nous régale d'une *moon walking* arrière de très mauvaise qualité *mit* postérieur hérissé *und* col relevé. Et se permet cette vocifération :

– Vous êtes mes poulettes ! ! ! !

Rollo :

– Oublie, vieux. Je ne mange pas de cette baguette-là.

La Marrade :

– Tu n'es pas concerné. Seules les poulettes sont mes poulettes !

Ellen, qui a tourné betterave sur pattes pour cause de Dave, me glisse à l'esgourde :

– Euh… tu ne trouves pas… euh… Tu crois que c'est bien de nous traiter de poulettes ? N'est-ce pas… euh… irrespectueux au chapitre femmes ?

Bibi :

– *Le positif.* Mais en l'occurrence, il parle de nozigue.

Ellen :

– Ah, oui, bien sûr. Je vois.

Sauf qu'elle ne voit couic. Elle est troooooooooooooop en amour de Dave. Il lui demanderait de revêtir une fausse pilosité faciale qu'elle s'exécuterait.

Soit dégoisé en passant, le garçon en est capable.

Sans compter qu'il sera minuit quand Tomate Mûre aura rejoint son chez-elle, pour cause de domicile à l'autre bout de la ville.

La Marrade, toujours en chorégraphie Michael Jacksonesque :

– Bien, mes poulettes, je pose la question : QUI EST LE PAPA DES POULETTES ?

Mézigue :

– On a banni « papa » de notre vocabulaire pour trop-plein de ringardise. Le mot *ad hoc* est « Vati ».

La Marrade :

– Reçu six sur huit. Je répète la question : QUI EST LE VATI DES POULETTES ?

Le Top Gang le zieute reculer sans moufter et l'expert en ce que vous voulez vocifère derechef :

– QUI EST LE VATI DES POULETTES ?

Contraintes et forcées, Jas, Rosie, Ellen, Jools, Mabs et *myself* nous égosillons tel le seul homme :

– C'est toi, le Vati des poulettes.

Sur ce, la Marrade, plus connu sous le sobriquet de Le Vati des Poulettes *moon walk* contre un muret du parc et se paye le gadin.

Sehr le riant.

18 h 15 Ne restent que la Marrade et bibi. Trottinant de conserve. Le reste du Top Gang est parti rejoindre ses pénates perso. Même Ellen a percuté qu'elle ne pouvait continuer à être hypnotisée par Dave telle la… euh… betterave hypnotisée et elle a pris un bus qui allait vers chez sézigue. Je suppute qu'elle espérait que je lui propose de venir à ma cambuse et de se faire raccompagner par mon Vati plus tard. Mais je ne pus m'y résoudre, pas *mit* l'affaire Scooterino.

En partant, elle a fait à la Marrade :

– À la semaine prochaine, alors.

Et l'affreux lui a répondu :

– Tu me manques déjà.

Ce qui a immédiatement propulsé Ellen vers de nouveaux sommets de bettravitude. Je me demande combien de temps elle va attendre avant de me passer un coup de bigo pour me déblatérer : « Tu sais, quand il a dit que... euh... je euh... genre... lui manquais... Ben, est-ce que ça veut dire que... je lui manque ou... ? »

Écrevisse à roulettes partie, je décoche le zieutage à la Marrade *mit* pilosité sourcilière haussée. Il me rend la pareille. J'accentue le haussement accompagné d'un hochement du chef de celle à qui on ne la fait pas. Il me hoche en retour.

Nonobstant, l'expert a pigé ce que je voulais dégoiser. Il sait pertinemment qu'Ellen l'adoooooooooooore. Si, dans son tréfonds, il ne le pense pas vraiment, il a en tout cas l'air du gus persuadé que toute une chacune est dingue de lui. Note, il n'a pas tort. Les « comédiennes » de la pièce se conduisent telle la courge en sa présence. Et ce, même quand il déploie des trésors d'insolence. Je suis en réel contentement de notre statut de poteaux amicaux et de ne plus me sentir toute bizarre face à sézigue. Enfin, pas autant. Je continue néanmoins d'éviter le sujet Sublimo transalpin.

Si étonnant que ça puisse paraître, Jasounette me file la mini-accolade en bifurquant vers sa cambuse, *mit* ces mots :

– J'espère que ça se passera bien. Passe-moi un coup de grelot après.

Choupi comme attention. Mais elle sous-esgourde que quelque chose « devrait bien se passer ». Pour éviter toute velléité de questionnement de la Marrade au chapitre sus-cité et ainsi de suite, je lui sors aussi sec :

– Tu as remarqué que Jasounette insistait juste un peu trop côté accolade ? Je crains que la fille ne tourne casaque. Obligée de passer en alerte homosexualiste. Je l'ai vue reluquer mes collants quand je gambadais de-ci *und* de-là en Macduff.

Dave :

– Qui ne les reluquait pas ?

– Tézigue. Tu avais les mirettes en plan fixe sur les flotteurs de Melanie.

– Tu es carrément soupçonneuse, Super-Coquine. Je suis très sensibilisé à la sécurité comme garçon. Je vérifiais que Melanie ne culbutait pas ni ne s'assommait pendant la scène de jonglage.

– Sensibilisé à la sécurité ?

– *Le positif.*

– Tu es siphonné.

– Euh... c'est celle qui le dégoise qui l'est.

En guise de conclusion, il se saisit de ma personne telle la pince et me fait des guili-guili ! ! ! Oh non, pas les guili-guili. En général le guili se termine en numéro quatre sur l'échelle des trucs qu'on fait avec les garçons ! Mes lippes sont déjà en mode pulpitude, telles les babines du canidé de Pavlov.

Quand, soudain, arrêt des guili-guili. Et maintien de mes abattis le long du corps par la médiation de ses abattis. La Marrade a la caboche en très proche vicinalité de la mienne, et il me zieute. Style mirettes des mers du Sud *mit* aura ouatinée prébécotale. Mon cervelet tente le remontage de bretelles interne style : « Avis aux populations ! Avis aux populations ! Les lippes, je parle de vous évidemment. Cessez de pulper. Alerte pulpitude déclenchée ! ! ! Gee, n'oublie pas que tu es un farfadet ! Euh... non... n'oublie pas que tu es à deux didis d'être la copine officielle d'un Sublimo. »

C'est alors que, pile au moment où mes lippes font l'acquisition d'un cerveau perso et s'exclament : « Arrête de finasser, aboule le bécot ! », la Marrade relâche sa tenue d'abattis et s'éloigne sur ces mots :

– Vilaine Super-Coquine. *Bye bye.*

Nom d'un artichaut pusillanime ! Je manque me casser la binette par terre dans le feu de la libération.

Non mais qu'est-ce qui m'a pris ?

18 h 25 Je rentre à la cambuse en hanche hanche, abattis en crème de marron *und* secousse de perruque tout le long du chemin, au cas où Scooterino m'attendrait. Que nenni.

En chambre

18 h 45 En nudité totale face au miroir taille cinémascope. J'ai coincé ma porte avec la commode dans le dessein de ne pas me faire surprendre dans le plus simple pas pareil.

Si je saute tel le cabri, je manque de peu la gifle de nunga-nungas.

Conséquemment, penser à ne pas sauter tel le cabri en présence de Scooterino.

Étape suivante. Liste des vérifs :

Ensemble du bâtiment dépustulé ? *Le positif.*

Gène de l'orang-outan jugulé ? *Le positif.*

Quatre couches de trompe-couillon teinte naturelle ? *Le positif.*

Ombre appliquée pour détourner le zieutage de zones moins bien achalandées, en clair : un appendice nasal surdimensionné ? Ai fait de mon mieux.

Perruque non ressemblante à une tête d'ogive ? *Le positif*, mon lieutenant !

Rouge *und* brillant pour la pincée de sophistication

de femme *und* le didi d'horizons prometteurs ? Brillant au loukoum. Miam et sapide.

Soutien-nunga-nungas à mimine de zinc et colifichets. Parfait. Arrimés en totalité.

Étape vêture, hummmmmmm… Jean moulant mais pas trop, histoire de lever la guibole… pour enfourcher le motocycle. Et une supposition que la jupe frangée soit plus combative ? *Le positif* et *le extra*.

Ah bon ?

19 h 00 Retour à la case jean. Carrément plus en décontracture.

19 h 15 Nonobstant affiche un léger déficit au rayon Super-Coquinerie. Retour à la case jupette.

19 h 30 Et une supposition que la météo soit au frisquet de la nouille ? Jean donc.

19 h 45 Retour à la case jupe.

19 h 55 Jean, c'est décidé. Je ne change plus.

19 h 58 Jupette !

19 h 59 Cette fois, c'est pour de bon. Jean enfilé pour y rester.

20 h 00 Note que le Transalpin n'a toujours pas bigophoné. À quelque chose malheur est bon, la famille Tape-Dur est encore de sortie. Subséquemment, j'ai donc un chouia d'intimité.

20 h 05 Coup de grelot ! Fichtre ! ! ! Je bondis dans l'escalier tel le chamois. *Mit* Angus accroché à une guibole et Gordy à l'autre. Les matous étaient étrangement en quiétude. Ils devaient rôder devant ma lourde en attendant que je sorte. Les félidés restent en varappe de mollets jusqu'en bas de l'escalier en dépit d'un rebondissement brutal de caboche sur chaque marche. Ne seraient-ils pas fournis au rayon souffritude ?

Quelque dommage que nenni. Je me propulse à la va comme je te pousse jusqu'au bigo sur mes guiboles-félidés avec escale à la respiration multicalmante. Ommmmm.

Décrochement du grelot.

– Georgia ?

– Jas ! Pourquoi tu me bigophones maintenant ?

– Parce que je voulais savoir si tu étais au grelot avec Scooterino. Je pensais que tu répondrais pas.

– Et tu peux m'expliquer pourquoi je ne répondrais pas au grelot s'il grelotte ?

– Parce que, comme je te l'ai expliqué, si tu avais été en converse avec Scooterino, le bigo n'aurait pas grelotté et…

– Il faut que j'y aille.

– Il n'a pas appelé, c'est ça ? Je le sens. Tu as la voix de la fille plongée dans le tréfonds du tréfonds. Tu te sens au quatorzième dessous ? Moi je me sentirais au ras des pissenlits. Tu as chouiné ?

– *Le négatif.* Je…

– Ça doit être atroce de se faire larguer. Surtout quand on n'était pas vraiment, tu vois quoi, vraiment…

– Jas.

– Quoi ?

– Ferme ton clapet !

– Je me montrais juste amicale.

– Ben, abstiens-toi.
– Ben, d'accord.
– Bien.

Et je lui raccroche au pif avant qu'elle ne prenne la guêpe. Pour une fois, j'ai réussi à la devancer au rayon prise de guêpe ! Ha ha et double ha.

20 h 10 Ai fini par détacher les félidés par la médiation de la poire de douche, en faisant méga attention à viser la caboche, histoire de ne pas m'humidifier le jean. Les matous détestent le concept de propreté et bondissent telles les antilopes *mit* force éternuements *und* secousses de corps à forte connotation givrée, puis giclent dans le jardin et dans le dessein de se rouler dans du popo de renard ou tout autre vertébré.

20 h 30 Si ça se trouve, Scooterino a concert avec les Stiff Dylans.

21 h 02 Ou si ça se trouve, la Nouillasse a raison quand elle affirme qu'il me trouve lamentable et que je lui fais pitié. Conséquemment, c'est pour ce motif qu'il se montre chou avec ma personne.

21 h 03 Ou si ça se trouve encore, il est retenu pour cause d'annonce à la Nouillasse qu'elle a une bobine de pieuvre.

Si seulement.

21 h 08 Ou si ça se trouve encore encore, il a rendez-vous avec elle. Oh nooooooooooooooon !

Nonobstant, ne pas baisser les guiboles, ne pas baisser les guiboles.

21 h 10 Une consultation de mon mode d'emploi du garçon (*Comment séduire à coup sûr le dernier des caves*) s'impose.

21 h 20 OhmonDieumonDieumonDieu ! J'ai commis la boulette d'honneur ! D'après le manuel, il ne faut jamais laisser esgourder à un gus qu'on veut quelque chose sinon il se sent sous pression. Ohhhhhhhhhhhh noooooooooooon.

21 h 30 C'est la vérité vraie, non ? La règle d'or avec la gent masculine est glaciosité à tous les étages. J'ai souvenance de la Marrade m'annonçant que j'en avais fait preuve par le truchement de l'inadvertance en déguerpissant au moment où le Transalpin me demandait mon numéro de bigo.

Oh, si seulement je pouvais grelotter mon conseiller allumage là tout de suite. Il me manque.

Je précise, à la façon potesse.

La Marrade ne m'a rien sorti de chou ces derniers temps.

Note qu'il m'a fait : « Vilaine Super-Coquine. »

21 h 32 Dans le temps, il me blablatait que, en dépit d'un givrage de premier givre, j'étais une personne adorable et *le riante*. Trop chou. Pile poil l'assertion du poteau certifié.

21 h 33 Mais comment se fait-ce que je passe au numéro six sur l'échelle des trucs et des machins avec lui s'il n'est qu'un poteau garçon ?

21 h 34 De toutes les manières, le rosissement popotal est derrière mézigue. Plus jamais, je n'expérimenterai la technique du lordillon de mèvres déposée par la Marrade. *Quelque dommage.* Tais-toi, tais-toi, voix de l'allumage !

21 h 35 Je me demande pourquoi je prends la peine de renoncer à l'allumage en caboche alors que nul quidam ne me demande d'être la seule et unique de son battant.

Je ferais aussi bien de passer à la phase démaquillage.

21 h 40 *Le négatif*, à quoi bon se nettoyer *und* se tonifier la bobine ? *Qu'est-ce que le point* d'une peau tonifiée s'il n'y a personne pour s'exclamer : « Nom d'une blette sous-alimentée ! Que ton épiderme est en tonicité ! Veux-tu être ma promise ? »

En rez-de-rue

21 h 45 Le pif scotché au carreau du salon, je zieute la rue en obscurité. Je ferais aussi bien d'aller au paddock, pour l'éternité. Levage de mirettes vers le firmament. Je mettrais ma paluche au grille-pain qu'un quidam à forte pilosité faciale veille sur mézigue de là-haut. Si ça se trouve, je devrais fréquenter la maison de Notre Seigneur plus souvent. Ma dernière visite ne fut pas à salement parler un total succès, rapport au désastre inopiné de tricentenaire. Qui, je vous le ferai remarquer, provoqua bien du foin pour couic. La retraitée peut se montrer *sehr* hystérique. Elle n'aurait jamais dû revêtir le foulard en Nylon car nul n'ignore que la matière est hautement embrasable. Mais même sans l'épisode tricentenaire en combustion, j'expérimentais la non-marrade. Dans son sermon, le serviteur du petit Jésus, autrement dégoisé Appelez-Moi-Arnold, avait sorti ceci : « Nous entrons seuls dans ce monde et le quittons seuls. » Il faut qu'on m'explique pourquoi l'abbé fait le déplacement dans le seul dessein de déprimer les populations.

21 h 46 Note que pour une fois, il avait tapé dans le cent. Je suis en solitude. De toute première isolation.

21 h 48 Ce coup-ci, c'est plié, je suis plus abattue que l'abattement, le zieutage plongé dans le grand vide de la vie qui s'étend de l'autre côté de la vitre. Plongé dans l'interminable venelle ténébreuse de l'existence qui s'égare au loin dans la couicouitude.

Sur ces entre-fêtes, je suis victime d'un spasme de nerf pour cause d'apparition soudaine d'Angus et de Gordy sur le rebord de la fenêtre. Matous père et fils miaulent à sectionner l'âme, en me reluquant pile dans les mirettes. Ça ne concerne que Super-Matou. Les félidés ont le bec grand ouvert et miaulent à tue-caboche.

C'est un signe. Ils ont senti que j'avais atteint le tréfonds du tréfonds et ont rappliqué direct à la fenêtre des battants brisés. Ils miaulent en cadence avec mon miaulement interne.

Sauf que, bizarrement, je n'esgourde couic. Ouverture de la fenêtre. Les minous continuent de miauler à tire-d'aile en me fixant. Soudain, je percute pourquoi je n'esgourde couic. Le Bigleux et son Vati ne prennent pas la peine d'émettre un son, ils se contentent de jouer les miauleurs.

Si les félidés le prennent sur ce ton, ils n'ont qu'à rester dehors. Quelqu'un peut m'expliquer pourquoi je serais choupi à leur envers ? Il n'y en a pas un pour rattraper l'autre au chapitre sympa. De toutes les manières, je ne leur sers que de distributeur de manger et de terrain de tourments. Et quand ils en ont fini avec mézigue, ils se trissent batifoler dans le jardin sans m'accorder une pensée.

J'espère qu'il va neiger.

Quatre minutes après Ce serait *sehr* inhabituel en juin, mais ça siérait merveilleusement à mon humeur.

Et ça ferait les petons aux matous.

En chambre

22 h 00 Oh, trop *le super*, les membres de la famille Tape-Dur sont de retour. Je les ois fredonner *mit* accent lamentable du Pays-du-Trèfle-et-de-la-Harpe-Réunis un truc du style « Nous sommes en partance pour Dublin, dans la verdure, dans la verdure. » Faisons *fissa* la fille qui roupillonne.

Je saute dans mon paddock tel le kangourou toute vêtue et éteins la loupiote.

Installation confo de mézigue et dans le brasero de l'action, mon nougat touche un truc velu. Qui se met à ronronner. Les minous ! Quelqu'un peut m'éclairer sur la nature du truchement par lequel ils ont investi mon paddock ? La fenêtre naine de ma chambre est ouverte, mais comment y ont-ils accédé ? À tous les ramponneaux, ils ont du matos d'alpinisme spécial félidé planqué sous les cannes à pêche de Vati dans la cabane à outils. Trop tard pour les extraire de ma couche car un boucan épouvantable monte l'escalier. Je vous en supplie, supplie, faites que ce ne soit pas Vati qui vienne me fredonner une ritournelle du Pays-du-Trèfle-et-de-la-Harpe-Réunis *mit* danse lamentable exécutée le falzar retroussé.

C'est Mutti. Je l'esgourde qui vocifère à son époux :

– Bob, fais-moi une tasse de thé. Je mets Libby au lit et je regarde si tout va bien chez Georgia.

Sur ces entre-fêtes, je percute la nature du boucan épouvantable. C'est ma petite frangine bien-aimée qui ronfle tel le goret apeuré. Le raffut baisse d'un cran quand Mutti entre dans la chambre de l'enfant, puis la mère de famille referme la lourde. Si ça se trouve, elle s'en retournera gentiment d'où elle vient. Mais *le négatif.* Ma porte s'ouvre et elle approche de mon paddock. Je la sens dans ma vicinalité, malgré mes mirettes fermées à double tour.

Mutti en mode chuchotement :

– Tu es réveillée, ma Gee ?

Je lui décoche le ronflement factice. Et pile au même moment, je sens du remue-ménage chez les félidés. Un truc râpeux et mouillé entre en contact avec mes arpions. Oh, Notre Seigneur, c'est leur langue ! Ils me lèchent par l'entremise de leur immonde langue de chat ! Beurk ! Beurk ! L'expérience est trop *le dégueu*, je ne peux l'endurer. Nonobstant, je ne dois pas bouger, je ne dois pas.

Ce cauchemar boxe quasi dans la même catégorie que mon cours de latin sur Sparte. Que je vous le narre. Deux gus de Sparte sont en train de dérober des gallinacés quand ils avisent le fermier. Ni une ni sept, ils se fourrent le falzar (ou tout autre vêture à la mode dans la cité de Sparte) au poulet. Et le fermier leur fait comme ça : « Dites-moi, les gusus, vous n'auriez pas vu mes pouletus ? » (Traduction fruste du latin.)

Tout ça pour dégoiser que les dérobeurs de volaille répondent : « Vos pouletus ? Pas vutus, vieuxus. »

Mais le fermier d'insister : « Je suis sûrus que vous les avezus... »

Pendant ce temps-là, les pouletus s'en donnent à battant joie au chapitre griffure et picoration d'excédent de vermicelle. Au bout du compte, le fermier met les voilages et les gusus rentrent en zigzaguant à leur cambuse. Ils filent les volatiles à leur Mutti et trépassent de leurs blessures. Ensuite, toute la ville de Sparte leur dégobille l'hommage pour cause de non craquèlement sous la pression. Comme je le déclarai en maintes occasions, le latin est champion incontesté en merdicité.

Où en étais-je ? Ah oui, je me croirais à Sparte. Je subis ni plus ni moins que de la torture de langue. Sans pouvoir vociférer ni quoi que ce soit. Mutti me touche la perruque pile poil quand les deux givrés me lèchent l'arrière de la rotule. Oh, Notre Seigneur, si d'aventure, ils s'aventurent au-delà, je crains de ne pouvoir le souffrir.

22 h10 Mutti plie enfin valise et quitte ma chambre. J'allume illico et rejette les couvrantes dans le dessein de dévoiler les mâchouilleurs de guibole.

Mézigue :

– Sortez de mon paddock, SUR-LE-PRÉ ! ! ! ! ! ! !

La lumière fait cligner des mirettes les félidés. Angus me pose sa patte grand format sur la guibole et exhibe ses griffes hors des coussinets. Il me zieute et je lui retourne la pareille *mit* sévérité. Je sais que Super-Matou me reçoit cinq sur vingt. Après tout, bibi est sa maîtresse. Sa gigantesque patronne non velue dont il percute qu'il est de son devoir d'obtempérer aux ordres. Sinon c'est adieu au manger de minou. Le félidé reste bloqué à la station zieutage intense quand soudain, il sort un bout de langue rose. Il me fait le coup de la langue pendue au balcon du félidé en demeuritude ! Gordy me mate d'une mirette avant de prendre un aller direct pour les abattis de Morphée dans lesquels il s'écroule en moins de cinq.

Qu'est-ce que le point ?

Sur ce, Angus s'installe confo et file rejoindre son rejeton dans les abattis de. Je n'ai pas l'énergie de m'occuper de leur cas. Conséquemment je tire les couvertures sur nozigue trois. Je suis limite sur le point de chouiner. Et d'ailleurs j'ai passé la limite. La glande lacrymale est actionnée. Comment se fait-ce qu'il m'arrive un truc pareil ? Je ne suis pas si mauvaise fille que ça. Bon d'accord, j'ai été un rien corrosive *mit* Jas, mais c'était compréhensible. Jamais je ne pourrai retourner au Stalag 14. La Nouillasse aura blizzard de ce qui m'est arrivé et elle me fera une vie de désolation.

Deux minutes après Les minous sont victimes d'une crise d'éternuements grandeur nature et entament la remontée du paddock sous les couvrantes *mit* force tortillements.

Deux minutes après J'ai Mini-Bigleux d'un côté de la face et Angus de l'autre. Je mettrais mon citron sur le billot que les félidés sentent ma tristessitude.

Cinq minutes après Angus a introduit sa langue dans mon esgourde ! ! ! *Le trop immonde !* Je ne suis pas approvisionnée au rayon copain, mais je vais au numéro six sur l'échelle de Richter avec mon matou.

Samedi 25 juin

8 h 30 Réveil en me croyant atteinte de cécité. Le mascara non ôté m'a collé la paupière.

Je me propulse mollement à la salle de bains. Comme de juste, pas âme debout. J'esgourde des ronflements en provenance de toutes les chambres.

En salle de bains

Zieutage dans la glace. J'ai la perruque agglutinée du bout et la mirette fortement tartinée d'ombre à paupière *mit* mascara tel le panda. Sans compter que j'ai dû sombrer sur la face car j'ai le tarin méga nivelé. Qui s'en chaut ? Mon appendice nasal peut bien s'expansionner sur toute la surface de mon faciès, je m'en tape le globe oculaire avec une patte de criquet.

Je suis même prête à virer total pif *mit* abattis *und* guiboles. Un pif sur pattes comme mon Vati. Personne ne me chérit de toutes les mannières. Et je n'aurai jamais de copain.

En cuisine

Je fais sortir les félidés qui refusent de se casser le popotin à utiliser la chatière. Ils sont assis devant la porte et zieutent leur sortie perso en s'époumonant. J'ai à peine entrouvert que Mastard père & fils enjambent le mur du Père Porte-à-Côté et se précipitent dans son aquarium de jardin. Tous les matins, c'est le même topo, Angus et Gordy filent lorgner le bassin. Le félidé sait pertinemment que le poisson rouge a résilié son bail. Il le sait d'autant mieux qu'il l'a boulotté. L'animal croit-il vraiment que le gros minou qui crèche au ciel a fait pleuvoir du poisson rouge pendant la nuit ?

Si je m'écoutais, je leur lâcherais bien qu'il n'y a pas de gros minou au firmament.

En chambre
De retour dans mon paddock de douleur

10 h 00 J'ai gardé mon maquillage de panda. Il me botte. Si ça se trouve, je ne passerai plus jamais par la case toilette. J'esgourde du tohu-bohu en provenance du rez-de-rue.

Mutti :

– Georgia, on va à la piscine. Tu veux venir ?

Pourquoi répondre ? Panda-Woman ne va pas à la piscine. Elle reste dans sa chambre, telle Lady Havisham dans le bouquin de Charlie Dickens. C'est quoi déjà le petit blaze de l'ouvrage ? *Les Nases Espérances*, il me semble. Je vous relate l'histoire. La Mère Havisham est en route pour se marier, mais son promis ne se pointe pas le jour des épousailles. Conséquemment, elle décide de rester assise en robe de noce et au fil des décennies réunit une méga collec d'araignées. Jusqu'à ce qu'elle finisse en brasero géant par le truchement de l'inadvertance et d'une bougie. Ce Charlie Dickens est vraiment le roi de la poilade. Non pas. Il devrait s'acoquiner avec Appelez-Moi-Arnold.

Une demi-heure après La famille Tape-Dur a quitté les lieux. Me voilà plus seulabre que l'isolation. REBELOTE.

Je visualise parfaitement l'avenir proche. Le Top Gang va me bombarder de coups de bigo toute la matinée pour savoir ce qui est advenu.

Deux minutes après Je me demande si Scooterino était avec Lindsay la Nouillasse hier soir ? Je vois d'ici la bobine de l'effrontée lundi. Tout imbue de sézigue. Faisant siffler ses extensions capillaires à tout va. Beurk. C'est au-dessus de mes forces. La fuite s'impose.

Une minute après Je pourrais prendre le ferry pour Paris et m'installer dans un gourbi.

Récupérer mes éconocroques et me faire la mallette.

Le au revoir le compagnie.

Cinq minutes après Pas la moindre pépette de côté. J'avais oublié l'achat des croquenots estropiants qui avaient nécessité l'intervention chirurgicale du toubib pour m'en libérer.

En chambre de Mini-Givrée

Dix minutes après J'ai trop honte, mais je suis aux aboiements. Obligée de braquer le cochon-tirelire de Libby. L'enfant me pardonnera d'ici une petite centaine d'années et percutera que sa grande frangine était au bout de la bobine.

Deux minutes après Quel esprit tordu pense qu'il convient de truffer son cochon-tirelire aux haricots à la tomate ?

À moins que la douce enfant ne croie dur comme cuivre que l'objet est un goret véritable.

La chambre de Libby ressemble ni plus ni moins à un film d'horreur. Elle regorge de tronçons d'abattis de poupée et d'immondes piles de couvre-fesses au contenu douteux.

11 h 00 On sonne à la lourde d'entrée.

Le sonneur peut toujours se gratter pour que j'ouvre. À tous les coups, c'est le Père Porte-à-Côté venu baver que les félidés ont coincé sa bourgeoise dans la serre. Ou qu'ils ont boulotté ses canidés à bouclettes.

À moins que ce soit la maréchaussée pour nous prévenir que mon Grand-Vati a affolé les voisins par la médiation de sa tenue de surf.

De toutes les manières, je ne réponds pas.

11 h 05 Re-sonnerie. Trissez-vous !

11 h 07 Re-re-sonnerie. Pas question que j'ouvre.

11 h 10 Sonnerie du bigo. Notre Seigneur ! Et puis quoi encore ?

11 h 11 Je mettrais ma pogne à rissoler que c'est une potesse du Top Gang. Si ça se trouve, je ferais mieux de m'entretenir de ma douleur interne avec un individu. Je suis trop en tartitude et en déclivité de toutes les façons.

– Allô ? Hôtel des battants brisés, j'écoute ?

– *Ciao*, Georgia.

C'est Scooterino. Il a la voix tellement crousti-fondante et hummmmmmmmm.

– Georgia, je… comment dites-vous déjà… *mi dispiace*… excuse-moi de ne pas t'avoir appelée. Mais hier soir, il était tard… j'étais… bref. Tu es chez toi ?

Je tente à décès la joyeuseté panachée décontracture de bon aloi. Et non Panda-Woman.

– *Le positif*, je suis à la cambuse, telle la buse… euh… en villégiature… chez les buses. Hahahahahahaha !

Me suis-je esclaffée de vive voix ou dans mon cervelet perso ?

Petit silence. Puis Scooterino embraye :

– Tu me fais entrer, alors ?

– Tu n'auras qu'à sonner en arrivant et…

Sonnerie à la lourde.

OhmonDieu,mondia,monpige-moi-ça. Le Transalpin est à la porte ! ! ! !

Mézigue dans le combiné :

– Mais, je ne suis pas… euh… présentable.

Le Transalpin s'esbaudit. Et pas dans le bigo, à travers la porte ! Je le vois derrière le verre dépoli.

Obligée de lui répondre par l'entremise de la lourde ! Mais alors, si je peux discerner sa silhouette par le carreau, ça signifie qu'il me rend la pareille ! Je me planque illico derrière la table du bigo. Ne me demandez surtout pas pourquoi. Je chope mon reflet dans la glace. *Gott* en *Himmel*, je ressemble à un Saube. Les Saube sont les membres de la joyeuse famille qui squatte mon manuel de germain. Bémol, j'ai tout du Saube, mais version adoptée par des loups.

Impossible de lui ouvrir en pareille condition.

– Euh… Il faut que je m'habille.

Re-esbaudissement du garçon.

– Comme tu veux. Mais pour moi, ce n'est pas la peine. (Re-re-poilade.) Je t'attends dehors. Ah, tiens, voilà tes chats.

– Ne les laisse pas approcher de ton falzar.

– Euh… *che ?* s'interroge le Sublimo.

Mais j'ai déjà bondi tel le batracien au premier.

En QG d'hystérie

Deux minutes après *Fissa*, *fissa*, enfiler une vêture. Une tenue sexy, nonobstant bourrée de décontracture matinale. Jean ? Jupette frangée ? Jean ou jupette ? Jupette ou jean ? OH NOOOOOOOOOON, PAS QUESTION DE REPASSER PAR LA CASE JUPETTE OU JEAN.

Jean *mit* top arborant l'inscription « Totale éclate » ? *Le positif*, *le positif*, bien et banco.

Deux minutes après Pas le temps de procéder à la phase nettoyage et tonification. Juste un petit coup de serpillière sur les mirettes de panda et application de mascara *und* brillant. *Mit* ma tremblote de paluche, autant faire l'impasse sur l'eyeliner, histoire de ne pas risquer la grille de morpion sur l'ensemble de la zone figurale.

Et myrtille sur le quatre-quarts, mon cervelet est en petite converse avec sézigue. Farpait. « Scooterino a l'air plutôt allègre et décontracté des zygomatiques, n'est-il pas ? Pas d'humeur largueuse du tout. » « Pas faux. Et quand je lui ai annoncé que je devais m'habiller, il m'a fait comme ça : "Comme tu veux. Mais pour moi, ce n'est pas la peine." Je me goure ou ça ressemble bigrement à du déploiement de rosissement popotal ? » « Sûr, chaussure. »

Deux minutes après Passage exprès par la salle de bains. J'ai la perruque en tête d'ogive. Oh noooooooooooon ! ! ! Plus qu'à l'aplatir à la rasade généreuse de gel. S'ensuit une ingestion massive de dentifrice. Talonnée par un remodelage du pif par la médiation des didis pour cause de platitude excessive.

Une minute après À présent, petite répète de sourire spontané. Langue repliée derrière quenottes et risette. Bien, bien.

Débrancher la commande rire de hyène empaillée. Hahahahahahadihahahahaha ! ! ! ! !

Et rapide « tout schuss sur le disco viking » dans le but de juguler l'envie pressante d'en faire la démonstration au Transalpin. Coup de latte, coup de latte, arme blanche, arme blanche et regroupement… COOOOOOOOOOORNE !

Une minute après Prête.

Bésicles de soleil ?

Bien vu la taupe.

Bésicles enfilées.

Ouverture de lourde.

Et respiration.

Le Transalpin est au portillon. Le motocycle garé dans la venelle, le séant posé sur la selle, l'échine tournée, il zieute les minous. Le Père Porte-en-Face a dû lessiver son auto, car j'avise un seau rempli d'eau moussue dans lequel Mini-Bigleux s'hydrate le gosier. Le félidé a chopé la barbe savonneuse. Angus s'est introduit dans le véhicule et se prélasse sur le volant. Quant à Naomi, sa fiancée velue, je vois sa caboche dépasser du siège passager. Le Père Porte-en-Face risque l'embolie nerveuse de grande envergure s'il découvre la famille matou dans sa carriole. Mais qui s'en chaut ?

Je ne dis couic. Primo parce que j'ai le tensiomètre en surchauffe et deuzio, je n'ai plus la fonction parole pour cause de sourire spontané. À tous les ramponneaux, Scooterino devine le rayonnement de ma personne car il se retourne. Il a revêtu le haut zippé bleu des mers du Sud et la lunette noire qu'il retire. À la lumière de l'astre solaire, sa mirette frise le jaune. Je n'ai jamais vu pareil globe oculaire, par ailleurs méga fourni au rayon cil recourbé, conférant à l'ensemble un zieutage un chouia endormi. Le garçon descend de monture et s'avance lentement vers mézigue. Il pousse le Transalpin jusqu'à la démarche, qu'il a indolente, tel le slow. Par ailleurs, il est inscrit à la catégorie grand et porte la perruque un chouia plus longue que le Grand-Britton. Et soit dégoisé en passant, ladite perruque est noire *mit* boucles. Je n'avais pas gardé souvenance d'une telle splendeur. Impossible de bouger, je suis, car télécommande de motricité, j'ai perdue.

Scooterino continue d'approcher de ma personne. Si ça se trouve, il va m'arracher la lunette de soleil et me sortir : « La génisse ! Georgia ! Que tu es belle ! » comme dans les films votant merdicité. Ou alors, il m'arrachera les bésicles, découvrira mon pif façon crêpe et les remettra vite fait en place. Tais-toi, cerveau, tu n'es pas invité !

Après ce qui me semble être un bon trillion d'années, Scooterino arrive devant mézigue. Il ne parle toujours pas. Nonobstant il se penche vers ma face et je songe aussitôt : « Sonnez hautbois, résonnez musettes ! Sublimo est en voie de me bécoter ! Tout est bien qui finit bien ! »

Le positif, il me retire les bésicles. Sauf qu'en guise de bécot, il me dépose un poutou sur chaque joue ! Qu'entend-il par là ? Je me croirais en plein scénario poutou en stéréo de vieille tante moustachue.

Scooterino :

– Viens, allons nous promener, *cara*.

Je réussis le hochement de chef. Et, totale surprise, ma caboche ne choit pas. La météo est à l'ensoleillé. Le Transalpin me tend le casque de rechange et je grimpe sur le motocycle. Il démarre l'engin, mais la tensionitude dépassant les bornes, je n'ose m'agripper à sézigue. Nonobstant, je n'ai pas la moindre envie de choir. Résultat des courses, j'agrippe l'arrière de la selle, mais Scooterino me fait :

– Accroche-toi à moi.

Je lui effleure la taille des paluches. Mais il s'en saisit et me les colle autour de l'abdomen (le sien, pas le mien). Et démarre sur les bonnets de roue.

Je ne vous raconte pas la joyeuseté d'être dans sa vicinalité. Nous remontons la grand-rue qui est bleue de monde mais, *quelque dommage*, pas une accointance à l'horizon. Si seulement Pieuvre des Campagnes nous voyait ! La cité s'éloigne derrière nozigue. J'espère que le casque ne va pas me conférer la célèbre coupe Richard III que le givré sans sucre affectionne tant. Je m'occuperai du désastre capillaire plus tard.

Nulle causette en chemin. À part :

– Ça va ? lancé par Scooterino.

Auquel je réponds par un hochement de caboche assuré avant de percuter qu'il ne risque pas de le voir, sauf s'il est apparenté chouette et peut tourner le citron à trois cent soixante degrés. Conséquemment, je lui vocifère en retour un :

– *Le positif*, très bien.

Sauf que pile poil au même moment, un insecte non identifié met le cap sur ma glotte. Et pas la bestiole naine, un hybride dégarnie-souris-bourdon. Je manque l'étouffement fatal et tente la régurgitation de l'objet volant.

Merci, Notre Seigneur, Scooterino échappe au spectacle.

Je suis en plein toussotement mâtiné suffocation, quand j'esgourde le Transalpin me sortir :

– Qu'est-ce que tu as dit ?

Beurk ! Beurk ! J'ai du popotin de punaise dans le bec ! Pas question d'en faire part au Sublimo. Miracle ! Je finis par restituer la bestiole à la nature et crie ceci :

– Je fredonnais un chant.

Marrade du garçon et serrage de mes paluches dans les siennes et dans le même temps. Non d'un salsifis circonspect !

Un quart d'heure après Scooterino fait halte au bois du Renard et me file un coup de paluche pour descendre du motocycle.

Pourvu que je n'aie pas des bouts de guibole de bête qui m'ornent le pourtour du bec ou en adhésion sur le brillant de lippe. Nous laissons nos couvre-chefs de bécane sur l'engin et nous engageons sous la frondaison. Cheminant derrière sézigue, j'en profite pour me décontracter la perruque. Fichtre, on dirait du béton. Sans compter que j'ai la rotule qui s'entrechoque.

Le Transalpin n'ouvre pas la bouche jusqu'à ce qu'il trouve la souche adéquate pour poser séant et m'invite à faire de même en tapotant à côté de sézigue.

Oh, c'est le trop super et le mêêêêêêrveilleux et consœurs ! On va droit au bécot. Grâce soit rendue à Notre Seigneur, je n'ai pas forcé sur le brillant. Et une supposition qu'on se retrouve en plein « de quel côté convient-il pencher la caboche » ? Une certitude de collision crânienne.

Soudain, le Transalpin fait pivoter mon citron vers le sien et me zieute droit dans les mirettes *mit* embryon de soupir.

Et une supposition que je chope la maladie de Jasounette et qu'en plein bécot, je sois prise d'un spasme de lèvre qui m'oblige à pulper, relâcher, pulper, relâcher ? Et pour conclure, pointe de langue, pointe de langue ?

Sur ces entre-fêtes, Scooterino me file le bécot ! Catégorie méga appuyé. Je m'agrippe méchamment à la souche, histoire de ne pas me prendre le premier rôle dans le célèbre scénario chute de souche de demeurée.

Quel agrément de se retrouver en séance bécot avec sézigue. Soudain, il me plaque les deux mimines sur l'échine et m'attire contre son poitrail. Comment se fait-ce que j'ai l'abattis qui pende mollement tel l'idiot ? Véloce rappel de mes cours de bécotage de dans le temps sous la houlette de Peter le Bulot. Que préconisait-il exactement au rayon abattis ? Ça y est, j'y suis. Il convient de poser les paluches sur la taille du Sublimo. Essayons. L'abattis m'obéit. Bon boulot, l'abattis. Combien dure la séance bécotale, je suis dans l'incapacité de l'exprimer. Primo, je n'ai pas de toquante. Et deuzio, j'ai le cervelet qui s'est fait le *beauty case*. N'empêche, si la chose durait toute la vie, je serais cliente.

Oh, merci, petit Jésus, je ne Vous ai pas servi la prière pour couic. Contrairement à ce que je craignais, Vous avez eu le temps de glisser ma petite requête dans Votre emploi du temps. Je Vous promets de vous défaire de Votre statut de travesti dès que je serai rendue à la cambuse. Et je compte même Vous confectionner une paire de sandalettes, assortie d'une pilosité faciale.

Scooterino finit par se décoller de mézigue *mit* petit bécot sur la lippe qui me laisse pile le temps de récupérer. La paluche sur ma joue, il me zieute dans les mirettes. Mon cerveau cesse illico toute activité. Puis, le Transalpin me décoche le sourire à forte douceur et nonchalance. Oh, je l'aime, je l'aime. Re-bécot ouatiné sur le bec et caresse de perruque (un vrai régal compte tenu de la tonne de gel avec laquelle je l'ai empesée).

Après quoi, le Transalpin s'éclaircit la voix et me tient ce discours :

– Ah, la ravissante Georgia. Tu m'as manqué. Je pense que tu es… *come se dice*… démente. D'ailleurs tous les Stiff Dylans le disent. « Oui, cette fille est démente. » Mais ils t'aiment bien. Et moi aussi. Dom m'a raconté que tu avais essayé d'emballer son père et que tu étais tombée sur sa grosse caisse.

Vais-je devoir endurer ce cauchemar toute ma vie ?

Je vous ferai dégoiser qu'à l'époque, j'étais l'officielle de Robbie, l'individu dont je ne prononcerai pas le patronyme, fus-je trépassée. Bref, on s'en contretamponne de sézigue. D'ailleurs, j'ai re-oublié son blaze. Ce qui nous occupe actuellement est top *und* trop bien *und le formidable.* Je suis à deux didis de fredonner : « Les collines résonnent du son des culottes », mais m'en abstiens.

Et là, Scooterino pressure mon épaule et se lève. Puis, il se tourne vers mézigue et me sort ceci :

– Tu m'as demandé… Tu m'as dit que tu voulais que moi… comment dites-vous en Angleterre… je sois ton copain ? C'est ça ?

Oh, *le positif à décès*, mon Sublimo sur pattes et néanmoins pop star, c'est ce que je harangue de tous mes vœux. Nonobstant, le Transalpin n'a pas vidé son pochon…

RETOUR CHEZ LA MARCHANDE DE GAUFRETTES FOURRÉES À L'AFFLICTION

En chambre

16 h 00 Case égouttoir de la *love story*, terminée. Descente du et aller simple pour le micro-ondes de l'amuuuuuuuuuuuuur avec, en guise de dessert, un crochet par la marchande de gaufrettes fourrées à l'affliction. Et à l'heure où je vous parle, je gis au fond de la poubelle du tréfonds sous une couche de gaufrettes mâchouillées.

Scooterino m'a fait savoir qu'il ne voulait pas de mézigue comme copine. Ni de mézigue ni de quelqu'une. Il m'a fait comme ça qu'il était trop tôt à sa pendule de l'amour pour s'engager dans une relation sérieuse. Il reste en volonté de me fréquenter mais dans les mêmes conditions que précédemment. Et souhaite juste se payer une tranche de « marrade ».

Marrade.

Je me goure ou il m'a déclaré que j'étais ravissante.

Note, pas assez, visiblement.

Impossible de rester dans sa vicinalité après le choc. Il me posa un abattis sur l'épaule et me sortit ceci :

– Peut-on continuer à se voir ? Est-ce que tu veux bien que je t'appelle ?

Je réussis l'exploit d'un rassemblement de dignitude nécessaire pour lui répondre ce que voilà :

– *Le négatif*, je ne crois pas.

Sézigue :

– Je suis triste.

Puis, on se demande bien pourquoi, je lui ai déclaré que je devais faire un saut chez des potesses créchant de l'autre côté du bois. Et je me suis trissée, en le plantant au milieu des végétaux.

Au bout de trois minutes, j'ai esgourdé son motocycle démarrer et je me suis retrouvée seulabre sous la futaie.

Je vous ferai dégoiser que je n'ai pas la moindre potesse dans le coin.

Et que j'ai mis deux heures pour rentrer à la cambuse. Le choc était tellement *le immense* de s'être fait annoncer qu'il ne voulait pas sortir avec mézigue que je n'ai même pas percuté la durée du cheminement de retour.

Des milliards de messages m'attendaient. Tous du Top Gang. Style : « Bigophone. » « Bigophone plutôt deux fois qu'une. » Plus un signé du géant des steppes glacées que je vous livre : « Salut, donzelle ! »

Mais dans l'incapacité je fus de les rappeler.

17 h 00 Intrusion de Mutti *mit* tasse de thé. Je me dissimule illico derrière mon bouquin, mais j'ai la larme qui dégouline sur les pages. Et je précise : non parce qu'il s'agit de *Cendrillon*.

La mère de famille :

– Ne pleure pas, ma Gee. À la fin, le prince vient et la pantoufle…

Quand soudain, elle pige que je suis en total tourneboulement et me file le câlin. Forcément, le débit lacrymal s'intensifie. Et je lui narre l'intégralité de la déconfiture :

– Il, je (snif, gasp), quand il est venu, il a… Au début, je croyais qu'il ne viendrait pas, mais il… et alors je… au bois… bécot mais sans chuter de la souche… et ensuite, il a dit que *le négatif* et je m'en suis allée dégobiller une visite à mes potesses de la forêt… que je n'ai pas.

Mutti m'affirme que le mieux-être me viendra.

Mézigue :

– Jamais.

– Mais si.

– Alors quand ? Dans quarante piges, quand je serai trépassée ? Quand me viendra-t-il ? Aujourd'hui ?

– Non, pas aujourd'hui.

– Cette semaine, alors ?

– Écoute, peut-être pas cette semaine.

– La semaine prochaine, alors ?

Pour finir, elle me sort que le mieux-être me viendra « à un moment ou un autre ».

Pas matière à attendre avec impatience, ou je me goure ?

Ma génitrice me propose des joquillettes au cambon, mais je ne peux rien ingérer. J'ai l'impression de m'être fait ramponner le bidon par une douzaine de quidams irrités. Et qu'ensuite, leurs poteaux ont ramené leur framboise et se sont servis de moi comme d'un trampoline, juste pour la marrade.

18 h 30 Libby déboule dans ma chambre dans le dessein de me montrer ses clownocroquenots dont oncle Eddie l'a régalée à la boutique de farces *und* attrapes. En temps ordinaire, j'aurais attrapé la poilade, d'autant que la douce enfant a revêtu en prime une paire de bésicles *mit* globes oculaires montés sur ressorts.

Bibi :

– Pas maintenant, ma poupée. J'ai mal à la caboche. Ne fais pas de bruit.

Pour le moins étonnant, la gosse repart aussi sec en essayant de marcher sur la pointe des petons avec ses gros souliers et avec force « chuuuuuuuuuuuuuuuuut ». Arrivée sur le palier toujours en mode càtimini assorti d'autres « chuuuuuuuuuuuuuuut », elle referme la lourde sans un bruit.

Puis vocifère à pleins poumons :

– Maaaaaaaaaaaaaaaaaamaaaaaaaaaaaaaaaa-aaan ! ! !

Mutti hurlant en retour :

– Qu'y a-t-il, Libby ?

– Georginette a mal à la caboche. TAIS-TOI, BON SANG DE BONSOIR !

D'où ma sœurette tient-elle ce langage ?

Un quart d'heure après Habillement et sortie dans la nuit. De toutes les manières, nul quidam ne remarquera mon absence.

20 h 30 Perchée dans l'arbre du jardin, telle la chouette larguée. Malgré ma mirette boursouflée de souriceau, je vois à l'intérieur de la cuisine des Porte-à-Côté comme si j'y étais. Si seulement pas. La Mère Porte-à-Côté arbore la chemise de nuit en pilou pilou à motif floral. Huuuuuuuuum *le séduisant.* Note, comment en vouloir à la femme ? La pauvresse est mariée au gus le plus tartant et le plus enrobé de l'univers (*le négatif*, pas mon Vati, autrement ce serait de la bigamie). Les frères Dugenou, j'ai nommé les canidés à bouclettes, ont leur soucoupe perso à table ! Trop dégueu. Et ils sont en pige-moi-ça ! Franchement.

Et voilà que le Père Porte-à-Côté pénètre dans la pièce à manger et j'entre mézigue-même de plein fouet dans le total cauchemar. Gras-Double est en robe de chambre, ce qui a le désagrément d'exposer ses guiboles rikiki. Soit dégoisé en passant, je ne vous raconte pas l'effort des membres inférieurs pour supporter le popotin surdimensionné. Qu'il a par ailleurs d'un blanc éblouissant (les membres, pas le).

On est carrément dans le cas de figure du haricot blanc plutôt que de la guibole.

Beurk à la racine carrée ! Je manque choir de mon végétal ! Le Père Porte-à-Côté n'est PAS en pige-moi-ça ! Il est en plus simple pas pareil ! Je fus en relation oculaire avec sa nudité ! ! ! Quand le mastodonte s'est baissé pour prendre un des frères Dugenou dans ses abattis, son vêtement de nuit s'est ouvert. J'ai été témoin d'un film à caractère pornographique par le truchement de l'inadvertance.

Revirement total de ma personne dans le dessein de tourner l'échine aux Porte-à-Côté.

De la sorte, j'avise Naomi en exposition de popotin le long du mur des Porte-en-Face, assortie de miaulements intempestifs à connotation rauque. À deuxième vision, je ne classerais pas l'affaire en romantisme, en tant que tel. Mais Miss Cochonnette-Velue ignore comment exprimer son amuuuuuuuuuuur à Angus d'autre façon.

Deux minutes après Résultat des courses, l'exhibition de postérieur sonorisée marche au petit poil car Mastard sur pattes déboule du coin de la venelle en vue de renifler sa belle. Quasi au sens sale. Et je vous ferai remarquer que la félidée ne la joue pas franchement distante. À moins de considérer que se rouler sur le dos les quatre fers en l'air et étaler son arrière-train au vu et au su de tout un matou révèle la minette timide.

Mais telle est la dure réalité de la vie.

Dix minutes après Je me demande à quoi Scooterino s'occupe les didis à l'heure de maintenant. Il profite de sa liberté ? Je mettrais mon cigare à émincer qu'il ne cogite pas à mézigue. Si ça se trouve, il traite toutes les filles de ravissantes. Et si ça se trouve, il les emmène dans la futaie.

La seule éventualité pire que ce que je vis là tout de suite maintenant serait que le Transalpin fréquente Lindsay la Nouillasse. À tous les coups, l'effrontée acquiescerait à tous ses desiderata, style : « *Cara*, tu mettrais un sac sur ta caboche quand on sort ensemble ? » Ce qui, à mon avis perso, ne serait pas déraisonnable comme revendication.

Cinq minutes après L'ankylose et le frisquet de la nouille me vainquant, je songe à regagner mon paddock de douleur, histoire de changer d'emplacement de marinade. Mais *quelque dommage*, j'esgourde des voix. C'est Mark Grosse-Bouche et ses poteaux, plus connus sous le sobriquet de Tas de Saindoux, qui posent séant sur le mur du jardin, sis sous mon végétal. Tout ce vilain monde fume tel le simplet. À la façon mâle atteint de merdicité. J'explique la méthode. Je tire comme un dératé sur ma clope et je m'étouffe copieusement. Le tout sans cesser de blablater des inepties de premier calibre.

Au milieu des nuages de fumée et des quintes de toux, j'ois le surdéveloppé du groin avancer ceci :

– La Charlotte avec les gros roberts n'arrêtait pas de se toucher les cheveux, j'en déduis que je suis bon comme la Romaine.

Un des « tombeurs » entre deux éructations et grattage d'acné dévorante :

– Avec sa copine à l'œil guiche, on pourrait faire une doublette.

Les gus sont-ils atteints de démence précoce ?

Sur ces entre-fêtes, Perverso ramène sa myrtille. Ses vioques vont être ravis d'apprendre qu'il traîne avec les gras-doubles les mieux garnis au rayon demeuritude de toute la cité.

Mark Grosse-Bouche :

– Tu veux une clope, vieux ?

Ça, ce serait le cassis sur le pain d'épice ! J'adorerais voir Oscar s'étrangler.

Mais icelui répond de la sorte :

– Persil, vieux, je viens d'en écraser une.

Dans tes rêves, bébé pataud et futur nase.

Cinq minutes après Notre Seigneur, dire que je pensais qu'écouter Jasounette délirer était tartant ! Comparée aux Saindoux Brothers, elle est Miss Personnalité Chatoyante en Culotte. À partir de désormais, l'enfrangée pourra m'entretenir de mulots sans que critique je lui fasse.

Les gros bras cessent de vaporiser le mur à la cendre de clope cinq secondes, histoire de discuter d'un bourre-pif en projet. Rien de tel qu'une petite séance de violence récréative pour impressionner les filles.

Après quoi, ils se livrent à un je te tape dans la paluche. *Qu'est-ce que le point* exactement de ce jeu de mimines ?

Deux ans plus tard, les couennes sur pattes se font le sac de voyage et je peux enfin descendre de mon arbre.

Si la gent masculine se résume à ça, alors je ne vois pas d'inconvénient à rejoindre la planète vieille tante moustachue sur-le-pré.

21 h 30 En rentrant, je trouve la cambuse étrangement silencieuse. J'ouvre la porte du salon et mes mirettes sont illico agressées par une vision de totale horreur. Style fait divers où un quidam pénètre dans son chez-lui pour découvrir de la tripe de greffier étalée sur tous les murs et un individu en culotte en train d'agiter une hache en sifflotant ?

En pire.

Mutti *und* Vati dans la pièce.

Seuls.

Sur le canapé.

En proche vicinalité.

Et la mère de famille caressant la pilosité faciale du père de ! ! ! ! ! !

Dimanche 26 juin

9 h 00 Je laisse ce mot à Mutti :

Ma Mutti,

Suis en partance pour la maison de Notre Seigneur. Suis toujours sens devant derrière et ne souhaite m'entretenir avec personne de ce que tu sais. Pourrais-tu prendre mes messages et raconter aux potesses que je suis chez Grand-Vati ? Je reviens pour l'heure du manger, nonobstant je ne peux rien avaler.

Zoubis,
Georgia
P.S. Ne relate couic à Vati.
P.P.S. Si par hasard tu prenais les cannellonis que j'affectionne chez Waitrose, j'arriverais peut-être à en boulotter une bouchée, rapport au fait qu'ils ne demandent pas trop d'effort au rayon mâchouille.

Sur le chemin de la maison de

9 h 45 Notre Seigneur ne pourra pas dire que bibi n'a pas fait d'effort. J'ai récupéré la statue du petit Jésus, Son fils unique, dans la boîte à joujoux de Libby et lui ai enlevé sa jupette de Barbie. Mais impossible de lui retirer tout son rose à joue. En revanche, je Lui ai confectionné un peton de rechange à base de pâte à modeler. Et depuis, Il trône sur ma commode à non-portée de mimine de ma sœurette bien-aimée. Quant aux minous, s'ils sont en intention de Le descendre, ils ont intérêt à monter un échafaudage *mit* treuil. Note, tout est possible avec eux. Quand les félidés sont soi-disant en train de ronronner derrière le canapé, on les croirait en train de marteau-piquer.

La dernière fois que j'ai mis les nougats dans la maison de Notre Seigneur, Appelez-Moi-Arnold s'est fâché tout vermillon avec mézigue. Ce qui de mon point de vue perso dénote de la non-chrétienté. Si on va par là, les dégâts concernant le brasero de foulard de tricentenaire étaient limités. Et je vous ferai dégoiser que c'était la faute du vieux débris. Et qu'en prime, j'ai eu de la souffrance d'épaule par l'entremise de son coup de sac à paluche. Et je n'en ai soufflé mot à nul quidam.

De toutes les façons et dans le but d'éviter que certains m'accusent de ne m'entretenir avec Notre

Seigneur que pour Lui demander des trucs et des machins, je ferais mieux de réviser mon humilitude avant d'arriver à mauvais port. Tout en trottinant, je tente la prière muette en interne : « Notre Seigneur, Vous êtes colossal. Et omnipotent et non impotent comme je le déclarai jadis par erreur. Je voulais juste Vous signaler que tout un chacun ici-bas est méga impressionné par Vos multiples exploits ébouriffants. Au nombre desquels, Votre transformation du vin en… Oh, *le négatif*, de la flotte en vin, dégoisai-je. *Und* Votre balade sur l'eau. Je suis au jus que l'auteur de cette dernière prouesse est le petit Jésus, mais dans le tréfonds du tréfonds, c'est Vous qui tirez les ficelles. Je le sais. C'est juste que Vous n'êtes pas le quidam à Vous faire mousser. Nonobstant, Vous pourriez à décès si Vous le vouliez. Je mettrais ma pogne au chalumeau que Vous êtes capable de faire mousser ce que Vous voulez. Scusez pour mes péchés et pour le léchage de croquenots, mais Vous êtes le super. »

De retour à la cambuse, en chambre

Midi et demi Je ne vous raconte pas la totale perte de temps.

Et le bizarre de la chose.

L'organiste femelle (qui à mon avis perso ne présentait pas les caractéristiques de banalité requises. À moins que certains jugent que mesurer deux mètres, porter un twin-set et exhiber une pilosité faciale de quatre jours entrent dans la catégorie passe-partout) nous a régalés d'un choix de chansons issues de comédies musicales ! Je doute que les givrés cacochymes qui formaient le gros de l'assemblée aient percuté, mais en ce qui me concerne mézigue-même personnellement, je ne me rends pas à la maison de Notre Seigneur pour esgourder *Chitty Chitty Bang Bang.*

Sans compter qu'il fallait reprendre le refrain en battant. *Mit* gestes à l'appui !

Appelez-Moi-Arnold nous a livré son sermon assis sur un sacco à nos petons ! ! ! ! ! ! D'après ce que j'ai capté, il était essentiellement question de crème glacée.

Va savoir ?

Qui s'en chaut ?

Je ne tendais pas la feuille.

Soir Mais si ça se trouve, l'effort que je déployai en me rendant dans Sa cambuse a conduit Notre Seigneur (je ne sais par quel truchement) à penser que je n'étais pas si mauvaise fille que ça, parce que l'une dans l'autre, j'ai la jauge à bonne humeur qui a repris du service. Je ne suis pas en joyeuseté, la marinade me tient toujours, nonobstant, j'ai décidé de prendre les réalités du bon côté autant que faire se peut. Si on zieute la situation en face, Scooterino ne m'a pas déclaré qu'il ne m'aimait pas. Au contraire, je lui botte. Simplement, il ne veut pas de copine officielle. Ça n'a rien à voir avec mézigue. C'est ainsi, point et virgule. De l'autre cubitus, Dave la Marrade est en amitié avec ma personne. Du troisième, j'ai des potesses de première catégorie et du quatrième, je ne suis pas un bébé africain sous-alimenté. (Jc dégoiserai même plus que j'abusai du cannelloni.)

Résultat des courses, je fourbis mes abattis.

ABATTIS FOURBIS

Lundi 27 juin

Abattis fourbis. Telle est ma devise du jour.

8 h 30 En parlant de fourbis, Jas m'attend devant chez elle, la culotte bouillonnante.

Jas en continu :

– Alors ? Alors ? ? ?

Mézigue :

– Alors, quoi ?

– Ben, qu'est-ce qui s'est passé avec Scooterino ? Que t'a-t-il répondu ? Je t'ai bigophoné un bon trillion de fois.

– Je suis au jus.

– Tout le Top Gang t'a passé le coup de grelot.

– Je ne veux pas en parler sur-le-pré. C'est trop perso.

– Il t'a larguée, c'est ça ? Note qu'il ne peut pas te larguer, vu que tu n'étais pas sa copine officielle. Résultat des courses, techniquement, tu échappes au statut de larguée. Côté fiertitude, c'est un plus.

Allô ?

Rassemblement

Le Top Gang a les mirettes en fixation sur ma personne, mais je demeure en grande dignitude. Si ça se trouve, j'y vais même un peu trop franco sur la rigidité, car Roro me glisse ceci dans le creux de l'esgourde :

– Qu'est-ce qui t'arrive ? Pourquoi tel le balai, tu te tiens ? Tu as fait halte au Salon du popo en couvre-fesses ?

Pas trace baveuse de Lindsay la Nouillasse. Conséquemment, je ne suis pas obligée de faire la fille en joyeuseté pour l'instant.

Récré

Je crache le morceau au Top Gang. Les potesses sont méga choupi à mon envers. Style à me dispenser la sagessitude et le conseil.

Rosie me fait :

– Tu peux boulotter tous mes crackers au fromage si ça te fredonne.

Et m'ouvre mon paquet de croustilles et ainsi de suite.

Toute une chacune se montre authentique bonne potesse.

À part Elvis qui rapplique en mode complainte pour nous enjoindre de ramasser nos résidus et de les jeter dans une poubelle.

Mézigue-même au vieux grincheux :

– Imaginez un peu, monsieur Attwood, quand vous serez en résidence dans la grande maison de vioques du paradis spéciale gardiens, vous pourrez ramasser de l'ordure à bouche que veux-tu. Et vous construire une cabane de jardin en sacs-poubelle et vous tricoter des tenues en…

Pervers Senior se trisse en jérémiades.

Comme je le confie à Jools :

– Même au battant de ma dramaturgie, je parviens à dispenser du rayon de soleil dans la vie d'autrui.

Bio

Est-il bien nécessaire de se trimbaler jusqu'à l'établissement scolaire pour se faire dégoiser que quatre cents races de bactéries se prélassent dans notre bidon ?

Et que le petotto rassemble un fumet de quatre gaz différents ?

L'info peut se révéler méga utile en cas de quidam laissant échapper une flatulence. La cantonade peut alors prendre la profonde inspiration assortie de ce commentaire : « *Le positif, le positif*, il me semble bien déceler une note soufrée de-ci et un soupçon de fragrance au haricot à la tomate de-là. »

Éducation physique
Piscine

Ce dont il faut toujours garder souvenance en période de merdicité aggravée, c'est qu'il y a toujours pire que sézigue. Je veux bien sûr parler de l'abjecte Pamela Green. Loin de mézigue l'idée d'être en mesquinerie, mais il faut le dégoiser sans ambages, l'Abjecte est massivement disgraciée. Et ne fait couic pour remonter son handicap. Son costume de natation du jour fuit la normalité à grandes enjambées. Que je vous décrive la vêture. Débauche de frou-frou et jupette intégrée ! La pauvre chose éléphantine saute dans le grand bain sous les applaudissements de la foule. Sur ce son accoutrement nautique enjupé taille mammouth se remplit de flotte et l'envoie *fissa* au fond de la grande bleue.

Retentissement de coup de sifflet, tirage d'alarme incendie et dans le tohu-bohu qui s'ensuit, le gardien irascible se prend un coup de bouée farceur. Ne me demandez surtout pas comment l'incident se produit. Si, demandez. Emportée par l'excitation de la tentative de sauvetage, Roro se met à balancer les ustensiles de secours de droite *und* de gauche *mit* gai abandon et *je ne sais qui*. Comme d'us, Elvis est positionné au mauvais endroit et en défaut de calendrier minutage. Ce qui d'ailleurs lui arrive plus souvent qu'à son tour.

Quelqu'un peut m'expliquer pourquoi l'expert en gardiennage est de garde au rayon sauveteur en natation ? Je mettrais ma paluche au poêle à bois qu'il s'est porté volontaire et la Mère Fil-de-Fer est *le trop* limitée pour capter ses tendances vieux goret. Ça lui fait les petons de s'être pris un ramponneau à base de tuyauterie caoutchoutée. Pour un malheureux coup sur le pif, il nous joue *Ramona* dans son intégralité. Et je pose cette question : est-ce convenable d'un gardien mâtiné sauveteur pervers de laisser échapper un « pâle sang bleu » devant des mineures impressionnables ?

Sur ce, la chose la plus terrifiante de l'univers se produit. Tandis que les élèves de gym études repêchent l'Abjecte et tentent de la tracter vers le bord de la pistoche, la Mère Stamp arrache son bas de survêt et plonge en hurlant :

– Continuez à respirer, Pamela !

Mézigue avec un max de mansuétude au Top Gang en zieutage de l'hélitreuillage d'éléphant de mer :

– Impossible de renflouer l'Abjecte à quatre. Le

costume de baignade a lui tout seulabre pèse déjà dans les trois tonnes.

Roro :

– Quelqu'une peut m'expliquer pourquoi la Mère Stamp porte le collant en mohair ?

L'enseignante ne porte pas le collant en mohair. Elle a la guibole en mohair ! Je n'ai jamais vu de ma vie vu un gène de l'orang-outan si luxuriant. Une supposition qu'il y ait des petites sixième dans la pistoche, une certitude qu'elles se carapatent dans les vestiaires, le trouillomètre à moins cent cinquante en vociférant de la sorte : « Fuyez ! Fuyez ! La femme à vermicelle est parmi nous ! »

15 h 00 Toujours pas trace de Lindsay la Nouillasse.
D'une rotule, je suis en soulagement et de l'autre, en inquiétude.

Où est-elle ?

Si ça se trouve, Guiboles de Phasme est en pleine séance câlin d'esgourde avec le Sublimo. Bien que mes abattis soient plus fourbis que le fourbe, je sens comme un début d'épanchement lacrymal me guetter.

16 h 10 En me rendant au terrain de cricket, je passe devant le hangar de gym dans lequel je découvre les deux bambines qui s'étaient fait remonter les bretelles par la Nouillasse. Les choupettes sont en train de ranger les bâtonnets de hoquet avec Monica la Trop Consternante de service au rayon mode d'emploi. *Quelque dommage*, je mettrais mes didis au feu de camp qu'icelle prend méga au sérieux l'empilement de crosses. Une supposition que la vie soit parfaite, elle serait l'épousée d'Elvis (*le négatif*, pas celui qui avait le rock dans l'hémoglobine, celui qui ferait bien de s'en prendre un sur le citron (de roc).

Tandis que les choupettes trimbalent des trucs *und* des machins, je m'adresse à MLTC avec un max de décontracture :

– Je me goure ou tu es seulabre, Monica ? Lindsay s'est chopé la peste bubonique, j'espère ?

MLTC :

– Bien que ce ne soit pas tes oignons, je te ferai dire que Lindsay assiste à une conférence. C'est moi qui assure à sa place. Ça te va ?

– Ça me va au poil, Monica. Je suis sûre que tu te débrouilles aussi bien qu'une autre au rayon persécution de petites sixième.

En cambuse

Comme je le soutins maintes fois et le re-soutiendrai : couic de tel que de mettre des baffes à une baballe pour se dévider la pelote à nerfs. Je reconnais une remontée sensible de la température sur le thermomètre de la joyeuseté tandis que je ramponnais ladite baballe de-ci *und* de-là, en zieutant mes camarades partir à fond de micheline la rattraper, tels les jeannots givrés en couvre-fesses. Fidèle à sézigue-même, l'Abjecte a encore atteint des sommets côté *le riant.* On peut même annoncer sans peine qu'elle a remporté le gros lot au rayon divertissement des populations à base de gadin. De service au service, elle tapa dans la balle *mit* un enthousiasme sans mélange et rata le projectile. Résultat des courses, l'Abjecte égara l'équilibre et chuta sur son postérieur, entraînant Katie Steadman dans le désastre, qui à son tour chut sur la Mère Stamp. Le spectacle n'était pas sans rappeler une partie de bowling (avec Éléphantine dans le rôle de la boule).

18 h 30 Pour une fois, la famille givrée est en cambuse et en totalité.

Vati :

– J'ai un truc pour te remonter le moral, Georgia...

Je décoche le zieutage à Mutti, qui le renvoie au père de famille *mit* remontrance intégrée et icelui poursuit de la sorte :

– Bien que... que tu n'en aies pas besoin. Mais... j'ai une grande nouvelle ! Maisie s'est remise au tricot ! Et je crois que tu trouveras un joli présent plein d'attention dans ta chambre. En ce qui me concerne, je ne sais pas comment j'ai fait jusqu'ici pour vivre sans...

Vati exhibe alors ses nougats. Ce qui aurait dû être ses nougats, en fait. Mais voilà qu'à la place, l'homme est pourvu d'une seule et même chaussette grand format à double contenance de peton. Un couvre-pied à usage de bassinoire taille géante dans des tons subtils de violet et de jaune.

Mutti s'en sort mieux avec un étui à poudrier au point mousse. Du moins c'est ce que je me dégoise avant qu'elle ne me montre son débardeur au crochet.

Icelle :

– Je le trouve très... euh... Je crois que je le mettrai plus tard.

Mézigue :

– Surtout pas.

Mutti se carapate à la cuisine en s'esclaffant. Quelqu'un peut m'expliquer pourquoi tout un chacun est en méga joyeuseté ? Je mettrais ma caboche à la tenaille que le couple est en état d'ébriété. À moins qu'il ne soit déjà gagné par la sénilité. Trop top. Pile poil au moment où j'aurai l'âge requis pour résider dans mon super appart à Notting Hill, Mutti et Vati commenceront à se faire raccompagner par la maréchaussée pour cause d'infraction à base de pique-nique en plein carrefour. Justifiée par leur désir de se faire écraser leur manger en purée par les autos. Nooooooooooooooooon. Tais-toi cerveau.

De toutes les manières, je ne me soucierai guère de mes vioques quand je serai en vieillerie, vu que je me serai consacrée à Notre Seigneur et aurai voté domicile dans un monastère homosexualiste où je passerai mon temps à tripoter mes merles… euh, mes perles.

En chambre

Dix minutes après Trop *le ravissant.* J'en rêvais. Et tellement *ad hoc* pour la saison estivale caniculaire. Comment se fait-ce que la fiancée de mon Grand-Vati connaisse ma taille de caboche en vue de me tricoter un passe-montagne ?

Cinq minutes après La réponse est : elle n'en a pas idée.

Par ailleurs, ôtez-moi d'un doute, le passe-montagne n'est-il point percé d'un orifice permettant à la figure d'apparaître au balcon ? Sinon, ce que la tricentenaire a tricoté n'est pas un passe-colline, mais une chaussette de citron. N'empêche, je ne laisserai nul quidam prétendre que je ne sais profiter des joies de la vie.

Une minute après Je descends cahin *und* caha au rez-de-rue *mit* ma chaussette de tête enfilée dans le but de montrer mon ravissant cadeau à mes géniteurs.

Mutti :

– C'est l'intention qui compte.

Mézigue :

– Je suis au sent-bon. C'est pourquoi, je compte

bigophoner aux autorités sur-le-pré. Tout individu cogitant telle Maisie devrait être mis aux arrêts de rigueur afin d'éviter l'estropiage de prochain.

Je retire mon passe-muraille bidon et découvre que Mutti a revêtu son débardeur au crochet. Par-dessus son soutif ! Les trous dans la tricoture sont à ce point vastes que l'intégralité d'un nunga-nungas maternel pointe par une anfractuosité. C'est vous dégoiser la vastitude.

– Connie, ma chérie, tu es irrésistible ! lance mon Vati en bondissant sur « son » pied dans le dessein de rejoindre sa conjointe sur le mode sautillement, avant de s'écraser sur icelle avec fracas.

Le trop dégueu.

En retournant dans l'entrée, j'avise Libby exhibant ses toutes nouvelles chaufferettes d'esgourdes tricotées paluche, portées sur les mirettes.

– Bien chaud, bien chaud, roucoule l'enfant.

On sonne à la lourde.

Mutti :

– Gee, réponds, s'il te plaît ! Ton père s'est à nouveau fait mal au dos.

Tu m'étonnes.

Ouverture de porte.

C'est oncle Eddie.

On n'a pas fini de se poiler. Son crâne plus dégarni que la boule de billard manque m'éblouir au clair de lune et l'homme est habillé de peton en cap en similicuir. Le *look* idéal pour une tête d'œuf. Il me trifouille la perruque et me sort :

– N'avale jamais rien de plus gros que ta tête ! ! !

Puis il court rejoindre les autres siphonnés au salon d'une guibole vacillante.

Intrusion de Mutti venue procéder au ravitaillement en *vino tinto* à destination des vioques en folie. Je vous ferai dégoiser que ma génitrice arbore toujours son débardeur au crochet. Je lui décoche illico le *ts ts ts* auquel elle me répond aussi sec par le poutou sur la joue.

Allô ?

Une minute après Miracle d'entre les miracles miraculeux ! Il y a du manger ! Des macaronis au fromage. Miam, miam. Le givrage m'ouvre l'appétit.

Je suis en train de me goinfrer à gogo quand j'esgourde de la « musique ». L'assemblée de siphonnés pur beurre est en pleine marrade et caquètements réunis dans le salon. Je connais par battant l'état d'esprit du moment. Dans moins de seize, vous allez voir que… *Le positif*, j'avais raison. Ils en sont déjà à *Dancing Queen* d'Abba.

Quelqu'un peut m'expliquer la raison de cette allégresse effrénée ? Filez-leur un pochon en plastique multicolore et ils vous chouineront de bonheur. Et une supposition que je sois une progéniture adoptée ? Vu ma différence écrasante avec leurzigue.

Hurlement vociférant de Vati :

– Gee, encas !

Erreur, je ne peux être adoptée. Mon Vati est bien trop *le couleuvre* pour remplir des paperasses.

Je suis limite sur le point de regagner ma chambre quand le père de famille me sort :

– Si tu nous apportes des encas, j'envisage de te filer deux trois biffetons.

Trois minutes après Même pas stupéfaite suis-je en entrant dans le salon de découvrir Mutti le séant posé sur les genoux de Vati, en débardeur de péripatéticienne au crochet (Mutti, pas Vati), et en présence d'oncle Eddie. Lequel, son verre posé sur le bidon, éructe ceci :

– L'autre jour, j'étais au resto. Et la serveuse est venue me demander comment je trouvais mon plat. Elle avait ses flotteurs quasi posés sur mon épaule alors que je mangeais tranquillement.

Mézigue :

– N'emploie pas « flotteurs », comme mot. C'est révoltant.

Tête d'Œuf :

– J'ai dit « flotteurs » par respect pour ta mère. D'habitude, je dis nichons.

Retour *fissa* dans ma chambre en total mal au battant.

En chambre

20 h 30 Quelle sorte d'individus s'offre une soirée inopinée vicaires *und* péripatéticienne en milieu de semaine pour fêter la défaite de l'équipe de foot de Vati par seulement zéro but à dix ? Mes géniteurs, voilà la sorte.

À propos de Vati, le voilà qui déboule dans ma chambre tel le givré violacé, en collant noir et collier de canidé ! Le pire, c'est que l'homme affiche une ressemblance troublante avec Appelez-Moi-Arnold. Tout de suite derrière sézigue apparaît oncle Eddie, également en collant noir et T-shirt. Et Dégarni du Citron s'est dessiné une frange au crayon à mirette autour de son crâne en peau de fesse, style moine atteint de démence aggravée. Nom d'un melon transgénique !

Tête d'Œuf :

– J'ai une blague que tu vas adorer, Gee.

Mézigue :

– Père, oncle Eddie, vous seriez trop chou de déguerpir une bonne fois pour toutes et d'aller exercer votre folie furieuse ailleurs. Persil.

Mais Pas Un Poil Sur Le Caillou persiste.

– Bref, c'est l'histoire d'un type qui sonne chez quelqu'un en traînant une boîte derrière lui. Et il dit… et il dit…

Sur ces entre-fêtes, l'hilarité panachée de suffocation le gagne et je me vois à trois didis de lui pratiquer la célèbre manœuvre dite de Heimlich, pour laquelle je me sens particulièrement d'humeur. Attraper un quidam par-derrière et le secouer *mit* violence pourrait me libérer de mon trop-plein de spasme de nerf.

Quelque dommage, oncle Eddie retrouve l'usage de la parole et poursuit :

– Bref, le type dit à la femme qui lui ouvre : « Vous êtes bien Mme Jones, la veuve ? » et la femme répond : « Effectivement, c'est moi, mais je ne suis pas veuve. » Et alors, le type lui fait : « Attendez de voir ce que j'ai dans ma boîte ! ! ! ! »

Et là, Chauve Ier est obligé de s'asseoir, en proie à un rire de lycaon, mais vu l'exiguïté de ses collants, je doute qu'il puisse se relever.

22 h 30 La soirée vicaires *und* péripatéticienne se prolonge dans le jardin. L' « autorité parentale » a sorti les enceintes dans la nature et dans le but de faire profiter le voisinage de *Stop Breaking my Heart* de Tom Jones.

Cinq minutes après Retour de Vati dans le jardin *mit* gâteau surmonté d'un cierge feu d'artifice.

Une minute après Le père de famille est en plein discours factice de circonstance que, merci Notre Seigneur, je n'esgourde pas. Mais vu le tremblotement spasmodique de son quintuple menton, j'en déduis que l'homme se trouve désopilant.

Une minute après Le voilà maintenant qui se penche pour allumer le cierge.

Une minute après Sonnez hautbois ! Résonnez musettes ! ! ! Vati s'est embrasé la pilosité sub-labiale. Et la lumière fut !

Plus de problème d'endormissement pour mézigue à présent. Je l'avoue, la vie est parfois *le riante.*

Mardi 28 juin

En cuisine
Petit dej'

Vati s'est rasé l'intégralité de la pilosité faciale.

Bibi :

– Dis-moi, mon Vati, où est passé le petit blaireau qui te squattait le bout du menton ?

Le père de famille ne prend même pas la peine de me répondre. Il se contente de bougonner de-ci *und* delà et met les voilages pour le « boulot ».

11h00 Prise d'une soudaine envie au rayon pipi et Cie, je fais halte au QG de la tartine avant de me fader le cours d'anglais. En sortant des goguenots, devinez sur qui je tombe ? Lindsay la Nouillasse. Miss Pieuvre des Campagnes est de retour. N'en serons-nous jamais libérées ?

La Nouillasse rôde sur ses guiboles rikiki en faisant siffler ses rallonges capillaires à qui veut bien l'esgourder. Je fais comme si elle était transparente, mais Phasme sur Pattes tient à s'exprimer :

– Tiens, tiens ! Georgia Nicolson. Sans ses stupides copines, pour une fois. Je suis contente que tu aies suivi mon conseil concernant Massimo. J'adorerais pouvoir dire que tu nous as atrocement manqué hier soir en boîte, mais ce n'est pas le cas. Bref, on est restés bien après l'heure de ton dodo. Neuf heures et demie, je crois.

Elle est au sent-bon. Elle est au sent-bon. Scooterino a dû lui raconter toute l'affaire. Oh, trooooooooooooooop horrible. C'est au-dessus de mes forces.

Grand-Britton
En salle de gym

Impossible de cogiter à autre chose qu'à la Nouillasse au jus de ce qui s'est passé. La Mère Wilson tient à ce qu'on se mette en état d'esprit *MacFesse*. Et, dans ce dessein, nous impose un énième atelier à la noix.

La pauvre femme délire à qui mieux mieux en robe-tablier (comme je vous le dégoise) :

– Tout ceci est tellement palpitant ! Plus que quelques jours avant le grand soir ! Allons, mesdemoiselles ! Que l'énergie soit avec vous. Montrez comme elle vous habite !

En réponse à cette injonction, le Top Gang au grand complet s'allonge aussi sec sur les matelas de gym. Ou, dans le cas de Rosie, se suspend la caboche en bas à l'espalier. Telle la dégarnie-souris en couvre-fesses affriolant. Le Père Attwood ne va pas tarder à rappliquer, averti par ses antennes ultrasensibles de vieux pervers.

L'experte en Barde de l'Avon tente d'attirer notre attention en tapant des battoire. Bon courage.

Icelle :

– Mesdemoiselles, puis-je… pourriez-vous… euh… Rosie, auriez-vous l'amabilité de descendre de l'espalier ? Et celles qui sont sous le cheval-d'arçons ne voudraient pas sortir, maintenant ? J'aimerais que nous commencions l'atelier du jour qui consiste à ce que vous entriez physiquement dans la peau des personnages.

Bibi à Jools :

– Que Notre Seigneur nous vienne en sauvetage, ne me dis pas qu'on va devoir se re-fader de faire le légume ? Je ne suis carrément pas d'humeur à me taper une gigue de chou ou autre légumineuse.

L'assemblée de femelles finit par se lever et la Mère Wilson nous égosille les trucs et les machins qu'on doit jouer.

La Mère Trucmuche :

– Macbeth est torturé par ce qu'il a fait. Que ressent-il ? Comment cela se traduit-il ? Non, Rosie, je ne pense pas que Macbeth se… euh… se serait pendu avec une corde à sauter. Ça vous ennuierait de la poser ? Bien. Pour commencer, imaginez la démarche épuisée d'une personne très déprimée.

Génial. Merci, Notre Seigneur. Non pas.

Dix minutes après En fait, bien que je n'aie pas à inventer la déambulation de l'individu méga démoralisé pour cause de déprime PERSO aggravée, je sens la pompe à joyeuseté s'amorcer en cogitant aux opportunités de poilade que le cours promet. Le Top Gang réussit une claudication de groupe à la Quasimodo de toute première marrade.

Commentaire de la Mère Wilson :

– Très bien, mesdemoiselles, mais cette personne n'est sans doute pas handicapée, simplement déprimée. Et la dépression n'implique pas forcément que vous baviez autant. Laissez-vous porter par votre imagination. Dès que je tape dans mes mains, vous changez immédiatement de personnage… et (tape dans ses mimines)… vous êtes une jeune fille joyeuse qui se dépêche de rejoindre son petit ami… et on change !

Oh, la cruauté de la vie. Si Notre Seigneur est omnimachinchose, il doit se fendre la poire aux dépens de mézigue. Primo, le quidam déprimé et deuzio la fille qui se trisse voir son copain. Le Très-Haut a fait celui qui s'en tamponnait le coquillard avec une patte de scarabée que je ne sois pas allée récupérer plus tôt Sa statue dans la caisse à joujoux de Libby mais, à l'heure de maintenant, Il se venge. L'abjecte Pamela Green gambade de-ci *und* de-là telle la déficiente mentale. Une supposition que je sois le copain à la rencontre duquel elle caracole, une certitude que je me carapaterais plus vite que le zéphyr vers le refuge de demandeurs d'asile catégorie *boy-friend* le plus proche.

Rosie régale l'assistance de sa célèbre imitation de l'orang-outan pour le moins saisissante et nous révèle à quel mode elle galope retrouver le géant des steppes glacées.

Jasounette s'en donne à battant joie côté tripotage de frange et, pensant que je ne la vois pas, se livre à un pulpe, relâche, agrémenté d'un soupçon de pointe de langue. Miss Frangette n'est ni plus ni moins qu'obsédée par son désastre spasme de lèvre. *Le trop lamentable*, mais bon.

Ellen s'agite en tous sens sur un banc. La cloche aura sonné depuis moche lurette qu'elle ne se sera toujours pas mise en route pour se jeter dans les abattis de son copain imaginaire. La potesse fidèle à sézigue-même.

Quant à la Mère Wilson, elle prodigue ses encouragements à la cantonade en lui montrant de quoi elle aurait l'air si elle était en partance pour un rencard amoureux (une vision d'horreur et des sommets de pathétique surmontés d'un sourire proprement terrifiant). Après sa prestation, elle me fait comme ça :

– Georgia, vous boitez encore et vous avez le dos tout bossu.

Le positif, et je ne vous raconte pas l'intérieur.

En retour à la cambuse

16 h 30 Exposé du scénario catastrophe la Nouillasse au Top Gang.

Roro :

– Qu'est-ce qui te fait cogiter qu'elle sait ?

Je narre l'allusion du phasme ambulant à la boîte et tout le toutim.

Rosie :

– J'ai pigé. Ne dis couic de plus. Couic. Cligne de la mirette, cligne de la mirette, hochement du chef, hochement du chef.

La potesse joint illico le geste à la parole, agrémenté d'un je-te-mâchouille. Le Top Gang lui emboîte le pas aussi sec. Me voilà propulsée dans le salon du canidé hochant du chef.

Une fois n'est pas us, Jas propose un plan *le futé* :

– Écoute, Gee. Je demanderai à Craquos de quoi il retourne.

Elle me décoche le sourire trop chou de dessous sa frange et ajoute :

– Je lui préciserai de la jouer méga discrète.

Je suis limite sur le point de lui filer le poutou.

Mézigue :

– Persil, Jasounette. Des fois, tu es comme qui dirait une super potesse et je…

Rosie remarquant illico que je suis sur la ligne de départ d'un chouinathon balance ceci :

– Une question, les potesses. Quel est le titre du bouquin écrit par Tarzan ?

L'assemblée secoue le cigare, en s'attendant au pire. Et elle n'est pas déçue.

– *Le Seigneur des sopranos.*

La blague est tellement *le minable* que j'avoue une hilaritude. De petite amplitude.

Jools :

– Au fait, je voulais vous avertir que Katie Steadman fait une fête ce week-end et on est toutes invitées.

J'ai moyen envie de me divertir, mais il faut sans doute que je continue d'être mézigue.

Vendredi 1er juillet

13 h 00 Un truc anormalement correct est advenu ! Il me semble. Si ça se trouve.

D'habitude, l'autorité pédagogique nous oblige à passer l'heure du dej' à nous geler les arpions sur les terrains de sport pendant que les jeunesses hitlériennes (autrement dégoisé : les terminale de garde au rayon garde) se prélassent bien au chaud sous le préau. Ce qui explique que le Top Gang soit obligé de se réintroduire à l'intérieur et à la fourbe, puis de zoner dans le bâtiment des sciences. Plus précisément dans le labo de physique où nous nous enfermons *fissa* dans la hotte, stores baissés, sans bouger d'un poil en cas d'alerte passage de nazis en herbe. Par mesure de sécurité supplémentaire, les potesses et ma personne nous positionnons à croupetons sous les fenêtres de façon à ne pas nous faire repérer de l'extérieur. Mesure assortie d'une couverture intégrale de nozigue-mêmes en blouses de science dans l'éventualité où un individu entrerait inopinément sans que nous ayons le temps de nous planquer dans la hotte de labo.

En fait, il se trouve que le temps du jour est à la chaleur de veau. Dans les cent degrés à l'ombre.

Ellen :

– Et si on restait dehors ? Au lieu de, euh… mourir de chaud sous une pile de vieilles blouses… ou autre.

Les potesses se mettent illico à hocher du citron. Obligée de prendre la situation en paluche, je suis.

Bibi :

— *Le positif, le positif*, bien sûr, ça pourrait être bath de s'asseoir au soleil, et si ça se trouve de bronzer et ainsi de suite… Mais ayez souvenance de la devise de notre bonne vieille reine Babeth : un principe est un principe et jamais le Top Gang ne capitulera face à la tyrannie des… Bref, toute une chacune sous les blouses de science. Ayez l'air naturel !

Une minute après Où en étais-je ?

Ah oui, sous la fenêtre. Ouverte. En pleine discussion épousailles de Roro.

La concernée :

– Sven se demande ce qu'il va mettre.

Mézigue :

– Nom d'une bintje syndiquée. Et de toutes les manières, pourquoi l'expert en froid prend la peine de se biler ? La noce n'aura jamais lieu. Même dans cinq ans et demi.

Rosie :

– Tu as toujours versé dans le cynisme, ma Gee. C'est rapport à tes passages successifs au micro-ondes de l'amour. Mais je te ferai dégoiser que pas plus tard que bientôt, vous aurez atelier répète de mariage.

Re-mézigue :

– Tu racontes des calembredaines.

Roro hausse sa pilosité sourcilière et me sort ceci :

– Et que dirais-tu de patte d'eph' contre short en cuir à bretelles ? Hein ?

On est pile poil en train d'amorcer une joute oratoire sur le sujet sus-cité quand des voix nous parviennent, qui nous obligent à fermer *fissa* nos clapets. D'autant qu'il s'agit de Lindsay la Nouillasse et de MLTC (Monica la Trop Consternante). On les reçoit cinq sur vingt en converse devant la fenêtre. Le Top Gang au grand complet se constitue tas de blouses vraisemblable et tend l'esgourde.

MLTC :

– Il t'a dit quoi, en fait ?

La Nouillasse :

– Il m'a dit qu'il ne voulait pas s'engager dans une relation sérieuse parce qu'il en sortait et voulait faire un *break*.

MLTC :

– Tu as un plan ?

Phasme sur Pattes :

– Je vais le faire changer d'avis, évidemment. Le seul ennui c'est qu'il m'a avoué avoir bouleversé quelqu'un qu'il aimait déjà bien. Et il m'a semblé qu'il s'agissait d'une fille d'ici, pas une Italienne. Mais il a refusé de me dire son nom.

MLTC :

– Tu as une idée ?

Et là, la Nouillasse prononce les mots fatidiques :

– Ça me paraît impossible parce que c'est la fille la plus bête à pleurer que j'aie jamais croisée de ma vie, mais… Non, ça ne se peut pas. Il n'est pas assez stupide ou en manque.

MLTC :

– Tu ne veux quand même pas parler de… non… ?

La Nouillasse :

– Je sais, ce serait incroyable, n'est-ce pas ? Mais je vais garder l'œil ouvert et si jamais c'est elle… je n'aimerais pas être à sa place, c'est tout.

Sur ces entre-fêtes, les deux capotes mettent les voilages.

Rosie sort le citron du tas de blouses et me zieute. Je lui renvoie la pareille et la potesse me délivre les pouces baissés assortis de ces mots :

– OhmonDieu,mondia,monpige-moi-ça, tu es décédée ! Plus décédée que la décédée dans une boutique de décédées ! ! ! Rends-moi ton invite à mon mariage. Je la filerai à quelqu'un qui sera vivant ce jour-là.

Réunion d'urgence du Top Gang
Récré de l'aprèm'

Mézigue :

– Vous croyez que la Nouillasse parlait de ma personne ?

Jas :

– Scuse, mais c'était plutôt irréfutable, non ? Elle a

dit : « la fille la plus bête à pleurer que j'aie jamais croisée de ma vie ».

Bibi :

– J'ignorais que TU fréquentais Scooterino. Craquos, le Roi des limaces, va criser ! ! ! !

L'enfrangée la boucle sur-le-pré, mais pas mézigue :

– Une supposition qu'elle parlait de ma personne, une certitude que d'une certaine façon et pas de l'autre, c'est *le extra*, car Scooterino a sorti qu'il aimait bien la personne-qui-est-peut-être-mézigue. Au point de vue bonus, c'est *le extra*, je me goure ou je me goure ?

Jools :

– *Le positif*, mais une supposition que ce ne soit pas tézigue ?

Oh, Notre Seigneur. Si ça se trouve, il en pince pour deux filles bêtes à chouiner.

Physique

Est-ce mézigue ?

Regrette-t-il de m'avoir tourneboulée ?

Oh flûte, retour à la case égouttoir de l'amuuuuuuuuuuuuuuuur. Pile après la marchande de gaufrettes fourrées à l'affliction.

Le cours de physique d'aujourd'hui est anormalement tartant. On se fade les statistiques. Pourquoi ?

Roro me fait passer un mot : « Tu ne devineras jamais les mensurations de la Mère Fil-de-Fer : 84 – 76 – 84. Je n'évoque là que la zone mentonale. »

Je lui décoche le salut Klingon.

Je ne peux m'empêcher de cogiter et de recogiter à l'épisode Lindsay la Nouillasse. D'un radius, je suis trooooooooooooooooop en joyeuseté que Scooterino soit peut-être chagriné de m'avoir chagrinée, parce que ça voudrait dégoiser que l'idée de me tourneboufler le tourneboule. Ce qui est *le bon.* De l'autre radius et du mauvais, s'il s'agit de mézigue, la Nouillasse me trucidera.

Mais, en admettant que ce soit mézigue, ça ne change couic à sa non-volonté de sortir avec ma personne.

Nonobstant, il pourrait en avoir secrètement envie.

Cinq minutes après Je dois lui ouvrir les mirettes sur le fait que je suis l'élue de son battant. Une consultation de mon manuel *Comment séduire à coup sûr le dernier des caves* s'impose, assortie d'une majoration de ma mystériosité *und* glaciosité dans le dessein de faire revenir Scooterino vers mézigue, tel l'élastique. Si ça se trouve en jouant la fille déjà en mimine avec un copain, il tomberait en jalousie et percuterait sa gourance.

Cinq minutes après Je vais m'enquérir auprès de Dave la Marrade de la déambulation à suivre.

Une minute après *Le négatif.* Je ne peux pour cause de déclarations de la Marrade sur le mode « cafouillage d'opportunité amoureuse ». Sans compter qu'il embrayerait aussi mouillé sur les Mozzarella et le fait que Scooterino est une fille déguisée en gus qui ne se chaut que de sa perruque et tout le toutim.

Deux minutes après Nonobstant, par définition, la Marrade aime bien ma personne.

Deux minutes après Et je lui rends la pareille. La Marrade me trouve à son goût et mézigue de même. Quoi de plus simple comme simplicité ?

Une minute après On n'est pas dans le cas de figure bambins en sottise. La situation requiert moult maturosité. Dont je dégage un max d'excédent. La Marrade et mézigue-même pourraient sortir ensemble style juste en s'aimant bien. Ce serait au poil. Et *le riant.*

Une minute après *Le très riant.*

Le considérablement riant.

Qu'y a-t-il de mal au juste à ce qu'un garçon et une fille qui s'approuvent se payent une tranche de poilade ? J'aime sortir. La Marrade itou. La paire apprécie les tranches de poilade.

On pourrait faire des milliards de trucs. Aller dans des trillions d'endroits.

Une minute après On pourrait se rendre… je ne sais pas… si ça se trouve, on pourrait, euh… par exemple… Comme ça, à chauffe-pourpoint, euh… le concert des Stiff Dylans bientôt. Pourquoi ne pas y aller pour la marrade ?

Une minute après Et danser au son de se payer une tranche de.

Une minute après Devant Scooterino. Et constater si la chose lui sourit ! ! ! ! ! !

Deux minutes après Oh, Notre Seigneur. Voilà que j'ai à nouveau embauché Dave la Marrade en chèvre et en caboche.

Une chèvre lordilleuse de mèvres. En tête du classement des bécoteuses.

Mais jamais je ne me servirai de la Marrade de la sorte. Même dans trois millions d'années.

Une minute après De toutes les manières, il découvrirait le pot aux tulipes.

Une minute après À moins de la jouer méga subtile.

Et de le bécoter jusqu'à plus soif.

Deux minutes après Victime je suis d'un rosissement popotal interne qu'il convient d'anéantir. Rosissement popotal, je te boute dehors ! ! ! ! !

Au QG de la démence
Autrement dégoisé, répète de *MacFesse*

16 h 30 La Mère Wilson nous délivre son discours de répète spécial « éveillant », mais Roro lui coupe la chique en laissant échapper un rototto de grande magnitude. La potesse explique à l'enseignante qu'il s'agit d'un « échange gazeux de pré-représentation ». Nul quidam ne pourra prétendre que nous n'apprenons couic en bio.

Bizarrement, Dave la Marrade manque à l'appel. J'espère qu'il n'a pas chopé la maladie.

Cinq minutes après Je ne sais si c'est mézigue seulabre, mais il flotte comme un nuage de forte hystérie parmi la cantonade. Serait-elle imputable au fait que la première est dans une semaine et que personne, à part Miss Culotte-Méga-Couvrante, ne connaît son texte ?

Pile au moment où Norman le Boutonneux se fait expliquer comment remplacer la Marrade aux loupiotes, la porte s'ouvre avec fracas et icelui pénètre dans les lieux, la cravate nouée autour de la caboche, tel le demeuré.

La Mère Wilson le régale de sa version perso du remontage de bretelles. Traduction :

– Ce n'est vraiment pas... Nous avons commencé depuis dix minutes et ce serait adorable si vous pouviez... euh... être à l'heure.

Réponse de la Marrade :

– Le temps n'attend pas les culottes. Mais me voici. Que le spectacle commence !

Sur ce, l'expert va saluer ses poteaux, puis prend ses quartiers à côté de mézigue. Je baisse illico les mirettes, histoire d'éviter qu'il lise dans mes pensées et découvre que j'avais fomenté de me servir de lui comme chèvre. Mais voilà qu'il me sort :

– Donzelle, cessez de reluquer mes attributs.

Je tente la mauvaise caboche, mais il me fait trop poiler. Résultat des courses, je lui décoche le sourire.

La répète commence très fort *mit* la scène des sorcières.

– Clameur, labeur et culottes, s'exclame Rosie qui, prise d'une inspiration soudaine, cesse de touiller dans son chaudron et embraye sur un « tout schuss sur le disco viking », en improvisant avec sa branchette. Coup d'arme blanche, coup d'arme blanche à droite, coup d'arme blanche, coup d'arme blanche à gauche et CORNE !

La Marrade et ma personne sommes victimes d'un accès d'applaudissement spontané, mais l'experte en *MacFesse* traite Roro de ridicule.

Rosie :

– J'introduisais une note de vikinguité dans la pièce, mademoiselle Wilson. Je suis sûre que Billy aurait adoré.

La Mère Machinchose, en boutonnant frénétiquement son cardigan :

– Rosie, les Vikings n'ont rien à voir avec *Macbeth.*

La Marrade :

– Vous êtes sûre, mademoiselle Wilson ? Si ça se trouve Billy ne vous disait pas tout.

La « pédagogue » réussit finalement à nous faire prendre nos places et en avant pour la pièce ! Tout se déroule à peu près normalement pendant deux ou trois temps mais, ensuite, c'est la cata. L'abjecte Pamela Green déclenche le pistolet destiné à la scène de bataille par le truchement de l'inadvertance et la Marrade se met à vociférer sur-le-pré des « Sauvez-vozigue ! Sauvez-vozigue ! » en détalant de-ci *und* de-là. Sur ce, Elvis rapplique, la langue pendante jusqu'au sol, *mit* son seau à incendie, prêt à ensevelir le premier venu sous un tas de sable au cas où un brasier se déclarerait. Le gardien irascible annonce à l'Abjecte qu'elle ferait bien à l'avenir de faire attention où elle met le popotin et repart tel le cachalot trifouiller ses extincteurs. La Mère Wilson parvient derechef à nous rapatrier sur les planches, mais c'est la scène du banquet ! Je dois dire, en toute équité, que nul parmi nozigue ne trouve les improvisations à base de jonglage et de feu justifiées. Melanie est archinulle au maniement d'agrumes. Elle se contente de jeter les oranges à la cécité et de les laisser retomber en pluie sur l'ensemble des protagonistes, puis de les ramasser. Ce qui n'est pas ma définition perso du jonglage, mais n'est ni plus ni moins que du jeté d'oranges n'importe où. Et comme je le fais très finement remarquer à la Mère Wilson :

– Vous ne pensez pas que Billy l'aurait écrit s'il avait pensé que c'était une bonne idée, j'ai raison ou j'ai raison ?

La Mère Trucmuche :

– Voilà... euh... une intéressante question, Georgia, parce que voyez-vous, à l'époque élisabéthaine, la pièce était euh... une sorte de fête itinérante. Les acteurs abordaient le texte avec... euh, leurs propres idées. Comme, euh... j'ai eu celle du jonglage et, euh... du feu... et ainsi de suite.

Rosie :

– Et il en pense quoi, la Barbe de l'Avon ?

La Mère Wilson, en tripotant sauvagement les boutons de son cardigan :

– En fait, bien sûr, il ne peut... euh... faire de remarque à propos de mon idée parce que, comme vous le savez...

La Marrade :

– Était-il en renaud avec vozigue parce que vous ne vouliez pas sortir avec sézigue ?

Retour collectif en cambuse

Les mêmes que d'hab'. Ellen est en voie d'acquérir des guiboles de bronze à force de nous accompagner. L'experte en n'importe quoi doit faire dans les dix bornes supplémentaires par jour et par amuuuuuuuuuuuuuuur de la Marrade.

Rosie :

– J'ai surpris l'Abjecte en train de zieuter Norman le Boutonneux. Ça sentait la *love story* à plein pif en coulisses.

Rollo :

– Scuse, c'est moi. J'ai petotté pendant la scène des sorcières.

Jools part d'un rire de hyène telle la givrée sous traitement givrant. Franchement. La gent féminine peut se montrer cruche quand il y a du garçon dans l'air. Ellen bave devant la Marrade, Jools se fend la poire à des blagues de petottos et Jas est mimine dans la mimine avec Craquos. Grâce soit rendue à Notre Seigneur, j'ai pas mal de fiertitude.

La Marrade :

– Le Père Attwood est un brin de femme téméraire, je me goure ou je me goure ?

Ellen :

– Oui, mais il n'est pas… Enfin, je veux dire, ce n'est pas une femme.

Je décoche le zieutage à Ellen. La Marrade m'emboîte la mirette. Je ne vois pas comment il pourrait y avoir *love story* entre elle et l'expert en poilade.

Un quart d'heure après Ne restent que la Marrade *und* mézigue. Une fois de plus, Ellen avoisinera son chez-elle vers les minuit. La potesse se résout à prendre le bus, en couvant la Marrade du globe oculaire. Il lui file le poutou mou sur la joue et elle manque culbuter. Ellen partie, la Marrade me reluque *mit* cette question :

– Quoi ? Quoi ?

Mais il sait très bien quoi. L'astre solaire croise sa mirette et, franchement, la Marrade est… si ça se trouve c'est la faute de la saison, mais il me semble être en proie à un léger allumage taille globale. *Le négatif, le négatif*, je ne me laisserai pas guider par l'allumage.

La Marrade :

– Ça ne me dérangerait pas d'être changé en fille une journée.

Mézigue :

– Ouaouh ! Parce que tu saurais comment ça fait de vivre des trucs de fille ?

La question le plonge en réflexion. La Marrade peut faire preuve de profondeur, être chou et séduisant dans le même temps. Nom d'un navet permissif. Une supposition qu'il tente le bécot sur ma personne, une quasi-certitude que je ne puisse résister. Mais il me répond ce que voilà :

– *Le positif* à fond. Si j'étais fille une journée, je la passerais devant la glace à me reluquer les nunga-nungas. Et à les tripoter à bouche que veux-tu. À plus, ma puce !

Et sur ces mots, il se trisse à tire-d'aile. *Le trop étrange.* D'us, il m'accompagne plus loin, mais aujourd'hui, non. Si ça se trouve, il a entraînement de foot ou autre. Ou si ça se trouve, il a rencard avec quelqu'un. Une fille, pourquoi pas. Sa copine.

Presque en cambuse

Farpait. Farpait s'il a une copine. Couic à voir avec mézigue.

En chambre

Je me demande qui viendra à la fête de Katie Steadman.

À tous les ramponneaux, Scooterino n'y sera pas.

La Marrade, probablement.

Si ça se trouve *mit* sa nouvelle copine mystère.

Je mettrais ma pogne à la rôtissoire qu'elle est *sehr* ordinaire.

POTEAU DE PREMIÈRE POINTURE

Samedi 2 juillet

En ville

Heure du dej' Je ne suis pourtant pas d'humeur. Nonobstant je me livre de conserve *mit* le Top Gang à un dansathon spontané devant chez le disquaire qui arrose littéralement la venelle à la musique. Esgourdant celle-ci, le Top Gang se dégoise qu'il faut faire profiter les populations d'un « tout schuss sur le disco ». Qu'icelles apprécient à sa juste valeur, à l'exception du tricentenaire grommelant, comme d'accoutumé.

13 h 30 La place Churchill est bleue de gus en maraude qui se tapent dans la paluche *und* les didis et se conduisent globalement comme des demeurés au lait entier. En nous croisant, l'un d'iceux est tellement hypnotisé par nos nunga-nungas qu'il s'écrase le pif contre une vitrine d'échoppe.

Au fait, le thème de la fête de Katie est « rock ».

Et *le négatif*, je ne veux pas dire par là qu'il faut s'y rendre muni de rochers.

L'idée est de s'affubler en rockeuse, similiguitariste et ainsi de suite. Si ça se trouve, ce sera une occase de marrade. De toutes les façons, comme je ne fais d'effet à nul quidam, qui s'en chaut de ma tenue ?

En parfumerie

Acquisition d'un rouge et d'un vernis méga foncé. Et je compte emprunter à Mutti un de ses hauts grotesques en Lurex ou Lycra. Et porter la botte en daim montante.

Soir En chambre de la vie. En tartine. Et en prévision d'une nouvelle soirée de balourdises et de danse déraisonnable. Mais, minute papillon, ne pas oublier que je suis peut-être la fille que Scooterino apprécie grandement et ne veut pas tournebouler. Yessssssssssss ! ! ! Ou plus probablement, nooooooooooooon. Mais à la soirée, j'aurai mes potesses *und* la Marrade. Ce qui peut se révéler chou, à la mode poteau, je précise.

À la grosse horloge

19 h 00 Qui vois-je en déboulant au sommet de la colline ? Jools, Mabs, Ellen et Jasounette ! Nom d'une aubergine sagace ! Les potesses ne sont ni plus ni moins que des rockeuses. En total *look* noir *mit* à peine une pincée de noir. Miss Frangette s'est même rabattu la perruque en arrière. Vu le risque zéro de l'incidence bécot me concernant, j'ai tenté l'attrape-garçons dont j'ai fait l'acquisition, catégorie agrémenté de paillettes. Je le trouve *sehr sehr schön.*

Mézigue au Top Gang :

– Où est Rosie ?

Jools :

– Elle a bigophoné pour dire que Sven avait un problème d'introduction dans son falzar. On les retrouve direct chez Katie.

Fichtre.

En cambuse de Katie Steadman

19 h 40 La déco intérieure est *le trop génial.* Il y a de la loupiote disco à gogo et un quidam tout de cuir vêtu (hum, ça risque d'être méga confo quand il fera huit cents degrés tout à l'heure) est aux platines.

19 h 45 Et dans le jardin, la guirlande lumineuse orne le végétal ! J'ai comme qui dégoiserait un début de bonne humeur.

Katie nous file de la denrée alimentaire et nous annonce ceci :

– Il y aura tout le monde. Les garçons des classes prépa, les habituels de Foxwood, ceux de Saint John, euh… qui d'autre ? Ah oui, Da-Dame et ses poteaux. Les filles de Moorgrange avec leurs copines. Et puis, j'ai croisé Dom, des Stiff Dylans, il m'a dit qu'il tâcherait de passer avec les membres du groupe.

Sur ce, Katie s'esquive et je demeure telle la statue. Je me tourne vers Jas qui dévore un roulé à la saucisse comme si elle n'avait rien ingéré depuis quinze jours. Or je vous ferai remarquer qu'on s'est tapé des crackers au fromage en chemin.

Mézigue :

– Tu as esgourdé, Jas ? Hein ? Hein ? Hein ?

Jasounette mâchouillant :

– Ummmmmmmmmnff.

– Je traduis ça comment ? *Le positif* ou *le négatif* ?
– Nnfff.
Je prends la réponse pour un *le positif.*
– Les Stiff Dylans vont rappliquer et tu sais ce que ça signifie ? Que Scooterino est en route itou, parce qu'il est leur chanteur !
L'enfrangée n'est pas le moins du monde intéressée par le sujet, trop occupée qu'elle est à enfourner son machin à la saucisse et à picorer de-ci *und* de-là, en tournant la caboche telle la girouette pour vérifier qui s'est pointé et en quelle compagnie. La potesse est *sehr le superficiel.*
Je suis limite sur le point d'informer le reste du Top Gang de l'affaire Sublimo et de recueillir son avis avisé quand soudain un yodle se fait esgourder. Sven est parmi nozigue. Diantre, il a le falzar le plus serré que j'ai jamais vu de ma vie, une veste frangée et un couvre-chef, les deux de cow-boy et argentés. Je me demande à quoi ressemblent les groupes de musicos au Pays-du-Renne-Glacé ou tout autre contrée dont Sven serait originaire et dont je ne veux couic savoir. Rosie ne relève franchement pas le niveau. La potesse arbore une robe naine et des cuissardes *mit* lunettes de soleil (pas les bottes, elles ne sont pas connues à ce point-là).
Le géant des steppes glacées s'avance vers nozigue et nous tient ce langage :
– Salut coquines poulettes déchaînées ! Faites de moi ce que vous voulez, bestioles femelles ! ! ! !
Sur ce, il nous soulève une par une, nous plie l'échine en arrière et nous pose un poutou sur le bec ! Inutile de le supplier, Rosie itou. La musique démarrant, il nous quitte pour aller exécuter un de ses numéros *dance* proprement terrifiants. Comment il parvient à faire des ciseaux avec un fute pareil demeure un mystère. Katie a bien fait de vider intégralement la pièce.

Le DJ encuiré a l'air méga inquiet. Je mettrais mon chef aux ciseaux à ongles que l'expert en musique espère choisir les disques préférés de Sven.

20 h 45 La fête fouette son plein. Des tripotées d'individus sont arrivés. Mais pas trace de Scooterino ni des Stiff Dylans. J'ai les nerfs en bobineau. Obligée de faire un crochet par le service pipi et Cie toutes les deux secondes. Que faire au rayon attrape-garçons ? Serait-il prudent de les retirer dans le dessein d'éviter tout incident ?

Prise d'air en jardin

21 h 30 Comme de coutume, la soirée a tourné au bécothon.

Arrivée de Da-Dame, en compagnie de ses poteaux, qui fonce droit sur mézigue avec cette question :

– Salut, sublime ! Tu te souviens de moi ?

Et comment, je me souviens de Da-Dame. J'avais testé le zieutage au caramel mou sur sézigue à une fête chez Rosie et il avait tourné illico esclave perso de ma personne. Je n'aurais couic eu à y re-dégoiser si la finalité de la chose n'avait été de rendre jaloux Dave la Marrade.

À ce propos, je me demande où il est passé. Bien que je m'en batte la mirette avec une patte de fourmi.

Da-Dame a le zieutage vissé sur ma lippe et amorce un mouvement descendant vers ma zone nunganunguesque. Ne me dites pas qu'il trouve le balayage oculaire sexy. Puis il me sort ceci :

– Ça te dirait de venir dehors avec moi ?

Mézigue :

– On est dehors.

Tout individu normal aurait percuté la rebuffade, mais pas sézigue.

– Oui, mais encore plus dehors ?

Serait-il atteint de démence ? Je n'aurai plus jamais recours au zieutage au caramel mou. Je suis pile en train de me demander si je ne devrais pas envoyer Da-Dame à la moquette et filer telle la bise, quand Dave la Marrade surgit à mes côtés et me cligne de la mirette *mit* ces mots :

– Bonsoir à vous, amateurs de sensations fortes.

Je n'ai jamais été autant en joyeuseté de voir arriver quelqu'un. Je lui décoche le sourire grand format, sans même prendre la peine de freiner les velléités d'escapade de mon pif.

Mézigue :

– Dave ! ! ! ! ! ! ! ! ! ! ! ! C'est génial de te voir !

La Marrade en est comme un rond de flan.

– Repos, soldat. Je sais que je suis irrésistible, mais…

Je lui attrape l'abattis et l'entraîne vers la piste en l'invectivant de la sorte :

– J'adore celle-là. Allons danser.

Une demi-heure après Je dois admettre une marrade de première grandeur en compagnie de l'expert en. Sans compter qu'il valse comme un dieu et exécute le saut de prétendu guitariste à la perfection, une prouesse à fort potentiel poilogène. On pousse même la capsule jusqu'au numéro *dance* échine contre échine des mêmes prétendus guitaristes avec abaissement jusqu'au sol et remontée. Sous les applaudissements de la foule.

22 h 40 Rosie, un verre dans chaque mimine, me blablate de son mariage mental :

– Au rayon denrées alimentaires, on a opté pour le thème renne.

Sur ces entre-fêtes, son « fiancé » rapplique derrière sézigue et lui descend le couvre-fesses. Franchement. Roro a le sous-vêtement enroulé autour des chevilles et se trouve dans l'incapacité de le remonter pour cause de paluches prises. Le géant des steppes glacées retourne aussi mouillé sur la piste de danse en hurlant des « *Oh jah ! Oh jah !* », son falzar scintillant manquant éblouir tout un chacun.

Roro à mézigue :

– Prends-moi les verres ! OhmonDieumon Dieu,monDieu ! Vite ! Vite !

Mais j'ai l'hilarité en *le trop grande quantité* pour filer le coup de mimine à la potesse.

Total, Roro trottine jusqu'à la première table venue, le couvre-fesses toujours en garniture de cheville, pose les verres, remonte le sous-vêtement et bifurque illico sur le sentier de la guerre, histoire de retrouver son « fiancé ». *Sehr sehr le riant*, pour tout dégoiser.

23 h 00 J'ai égaré pratiquement toutes les potesses. Ces déchaînements chorégraphiques m'ont fait monter la température au calorifère. Conséquemment, je sors m'aérer dans le jardin. Je n'ai pas fini de m'appuyer mollement contre un mur que la Marrade culbute par la porte-fenêtre.

M'avisant, il me sort ceci :

– C'est notre chanson, Super-Coquine ! Viens DANSER !

Joignant le geste à la parole, il tente de m'entraîner à l'intérieur.

Mézigue :

– Que nenni. J'ai trop chaud. Respirer, je dois.

– Bouge pas, donzelle. Je vais nous chercher à boire.

Et le voilà parti. Je le vois se frayer un chemin parmi les danseurs en se trémoussant et en faisant escale de-ci *und* de-là auprès d'une grappe de filles. La Marrade est un dragueur catégorie invétéré.

L'expert fait le voyage de retour sur le même mode et nous allons au fond du jardin siroter nos consommations. La soirée est au méga agréable et je n'en veux plus aux étoiles. Pour tout dégoiser, elles me rappellent ma soirée avec Scooterino. Je me demande s'il ramènera sa groseille. Après quoi, je me dis que même s'il venait, il tirerait grand profit de me voir dans le jardin *mit* la Marrade. Ça suggérerait au poil le degré voulu de glaciosité.

Tout en dégustant mon breuvage, je zieute la Marrade par-dessus mon verre et il me rend la pareille. Cela doit bien faire trois siècles qu'on ne s'est pas entre-zieutés. Sur ce, il attrape mon verre et le pose sur un banc, me prend la caboche entre les paluches (je ne veux pas dégoiser par là qu'il me la détache du tronc), se penche vers mézigue et me file le bécot ! Agrémenté d'un lordillon de mèvres. Ouaouh ! Nul(e) quidam(e) ne peut nier (malgré son amuuuuuuuuur démesuré pour un Sublimo) que la Marrade est champion du monde toutes catégories du bécot. Je développe à peine une jambe de poulpe, mâtinée cerveau au sirop, quand l'expert en poilade met un terme à la séance bécot. *Le négatif* à la puissance mille, pas d'arrêt arrêtant ! ! ! !

La Marrade :

– Non, jeune fille. Pas question que je repasse par là.

Sur ce, il me file une claque naine sur le postérieur et retourne à l'intérieur de la maison telle la fusée.

Allô ? Allô ?

Quelqu'un peut m'expliquer le pourquoi de la claque naine de postérieur. Pour quelle raison a-t-il cessé de lordiller mes mèvres ? Qu'esgourde-t-il par : « Pas question que je repasse par là » ?

Je n'exclus pas le spasme de nerf.

Je me remets de mes émotions et file à la recherche du Top Gang. Sven a pris le contrôle des platines et le DJ est en train de lui sortir :

– Ça t'ennuierait de me rendre mes affaires, vieux ?

Pour toute réponse, le géant des steppes glacées lui pose l'abattis sur l'épaule. Hum. Puis lui délivre le poutou sur le bec. L'Encuiré est à deux didis de dégobiller, mais fait preuve d'un courage absurde, il faut le souligner, en reprenant ses platines de force à Sven. Icelui s'en contre-tamponne. Il demeure en position d'abattis sur l'épaule du DJ et hoche du chef en rythme avec la musique.

Jools et Rollo sont en séance combinée danse *und* bécot. Conséquemment, d'aucune utilité. Jasounette est rentrée tôt parce qu'elle voulait être « fraîche » pour sa rando avec Tom demain. Ellen est en grande converse avec la Marrade. Total, je ne risque pas d'aller les rejoindre. Et Mabs est introuvable. À tous les coups, elle fait atelier bécots sous un tas de manteaux. La potesse manque singulièrement de fiertitude au rayon allumage taille globale.

En cuisine, je tombe sur Roro qui prépare un plateau-repas pour Sven.

Rosie :

– C'est la méga marrade, n'est-il pas ?

Mézigue :

— Pas tant que ça, Clara.

Sortie de Roro et intrusion de Katie, qui m'annonce ceci :

– Super soirée. Il y a un monde dingue, non ? Les gens sont vraiment sympas. C'est dommage que les Stiff Dylans ne puissent pas venir. Dom m'a téléphoné pour me dire qu'ils avaient un rendez-vous méga important.

Comme de juste.

En quittant la cuisine, j'avise la Marrade, sa veste sur l'échine. J'ai dû le contrarier à décès s'il s'en retourne déjà chez lui.

Mézigue à sézigue :

– Dave, tu t'en vas ? Peut-être que je…

Je n'ai pas le temps de finir ma phrase qu'Emma Jacobs du collège Sainte Mary rapplique en tenue de départ. La Marrade lui prend la paluche et me répond :

– *Le positif*, nous quittons les lieux. Pas de panique, mon poteau.

Emma lui décoche le zieutage énamouré et le « couple » met les voilages.

Ne voulant pas discuter le topo avec les potesses, j'octroie quelques minutes d'avance à la Marrade et compagnie avant de filer mézigue-même à la française. Je me sens toute bizarre.

23 h 30 Je ne suis ni plus ni moins que ballottée sur l'océan de la vie.

Vers une crique quelconque, sans pagaie.

Ni canoë.

Quelqu'un peut m'expliquer pourquoi l'étrangeté m'envahit à l'idée que la Marrade sorte *mit* quelqu'une d'autre. Note, ça me fait les petons, vu que j'avais dans le projet de l'utiliser comme chèvre. Mais pas seulement. J'apprécie grandement la Marrade. Et en séance bécot avec sézigue, j'oublie tout. Y compris que je suis raide dingue de Scooterino.

Cinq minutes après Les venelles sont méga silencieuses. Je vois les gens se payer du divertissement d'intérieur en cambuse. Alors que j'expérimente du non-divertissement d'extérieur en rue.

Je suis en totale confusion. Parfois, quand j'atteins le bout du cylindre, j'envierais presque l'enfrangée. Pas au rayon fixette couvre-fesses, mais d'être en amuuuuuuuuuuuur de Craquos et de nul autre quidam. Si ça se trouve, la raison en est que Tom l'aime pour de vrai. Ce qui subséquemment impulse Jas. À moins que ce soit parce que ses Mutti et Vati sont du pareil au même. Une supposition qu'elle ait eu une péripatéticienne et un dément certifié pour géniteurs, une certitude qu'elle serait moins en contentement de sézigue et en joyeuseté. Du reste, je vous ferai remarquer qu'elle est rentrée chez elle sans venir contrôler où j'en étais au chapitre état. Conclusion, obligée de la haïr.

Cinq minutes après Dom habite dans les alentours. En fait, je suis carrément dans sa venelle. Je me demande s'il sort toujours avec la même fille ? Forcément. Conclusion, tout le monde, sauf mézigue, reste *mit* son élu(e).

Une minute après OhmonDieumondiamonpige-moi-ça ! Il est là avec sa copine ! Assis sur le pas d'une lourde. Sûrement la sienne. Pas question qu'il me voie rentrer seulabre en cambuse. Il baverait aussi mouillé à Scooterino que j'errais en tristessitude, telle la givrée bouchée à l'émeri. Et cela signerait la fin dûment signée de toute tentative future de déploiement de glaciosité *und* brio. Si je recule à la vitesse du gastéropode, peut-être échapperai-je à leur vigilance et pourrai-je alors passer le coin de la venelle et…

Trop tard ! Dom lève les mirettes sur mézigue en marche arrière.

Dom :

– Hé ! Georgia ! Qu'est-ce qui t'arrive ?

OhmonDieumonDieu.

Mézigue, en agitant la paluche avec un max de décontracture :

– Salut, Dom… je viens de faire tomber mes… euh… clefs.

Allô ? ? ? ? ? ? ? ? ? ?

Dom se lève et me lance :

– Oh, zut ! Attends ! Je viens t'aider à les chercher. Au fait, Massimo est à l'intérieur. Je vais lui dire que tu es là.

Allô ? ? ? ? ? ? ? ? ? ?

Noooooooooooooon.

Bibi en quasi-vocifération :

– NON… euh… Ne l'embête pas, je…

Mais Dom est déjà rentré, suivi de sa copine qui me lance l'œillade louche. Je mettrais ma pogne au tournebroche qu'elle est équipée d'un radar gussette. À tous les coups, elle sait que je n'ai pas perdu mes clefs et que je vagabonde seulabre tel le nuage par les venelles. Et si je me dissimulais avant leur retour ? *Le positif, le positif,* adopté. En voilà une idée intelligente. Je n'ai qu'à me baisser derrière une automobile et ils s'en iront.

Planquée derrière un véhicule

Trente secondes après *Le positif, le positif,* ça va marcher. Une supposition que je demeure en place jusqu'à ce qu'ils déguerpissent, une certitude d'un résultat positif. *Le positif.* Plus immobile que la souris, je suis. Appelez-moi souricette invisible.

J'attends gentiment à croupetons derrière mon paravent automobile, quand un quidam ramène sa mûre et son canidé en promenade.

L'homme se penchant vers mézigue :
– Ça va, ma grande ?
Son clébard me léchouille la face !
Mézigue :
– Oui, oui, je...
– Tu as perdu quelque chose ?
– Non, euh... Si, mes clefs. (Va-t'en, va-t'en, arrête le léchouillis, allez au Satan !)
J'esgourde tout à coup des voix en provenance du trottoir d'en face. Et le Père Porte-Amicale qui crie :
– Dominic, une jeune demoiselle a perdu ses clefs. Viens lui donner un coup de main, veux-tu ? Je ne vois pas bien, la nuit.
Ça ne te suffisait pas de venir espionner une innocente créature planquée derrière une auto, espèce de concombre fouineur. Pourquoi le voisin n'est-il pas copie conforme des miens, givrés et inutiles ? Mais non, il a fallu que Porte-Amicale offre LE COUP DE PALUCHE. Que faire ?

Une minute après De mon poste d'observation, j'avise un nombre considérable de guiboles. Ceci dépasse de loin la vallée du Pathétique Taille Mammouth pour pénétrer direct dans la sphère du désastre hors concours.
Sur ces entre-fiascos, j'esgourde ces mots :
– Georgia ? *Ciao. Come stai ?*
Le excellent. Sublimo est descendu sur terre.
Comment veut-il que j'aille ?
Il m'a larguée pour cause de non-degré de sophistication requis et, à l'heure de maintenant, il me découvre accroupie derrière une auto en pleine nuit, en compagnie d'un canidé qui a entrepris de me nettoyer le postérieur.
La seule issue possible est le zieutage assorti d'un max de décontracture affectant tout mon être.

Aussitôt dégoisé, aussitôt fait. Je lève la mirette *mit* sourire et lui dis ceci :

– Diantre, Massimo, quelle… surprise ! *Le positif,* je vais… très *bono, grazie.*

Puis je me relève tel le ressort et m'exclame, en évitant consciencieusement de croiser ses mirettes :

– Aaaaaaaaaaaaaaaaaaah ! Je les ai retrouvées.

Dom :

– Super ! Où elles étaient ?

– Elles ont dû choir de mon sac quand je… quand… quand j'ai sorti ma loupiote de poche.

Pourquoi avoir dit cela ? Quelle sorte d'individu se balade *mit* éclairage portatif dans une rue généreusement arrosée au réverbère ? Une fille imaginaire qui blablate des bobards gros comme sézigue. Voilà quelle sorte. Que Notre Seigneur en soit remercié, il fait nuit. La cantonade ne peut voir que j'ai viré écrevisse *mit* juste une pincée de betterave.

Je risque l'œillade en direction de Scooterino et constate qu'il sourit. Le Transalpin est-il vraiment obligé d'être aussi crousti-fondant tout le temps ? Soudain, je percute qu'il pense peut-être que je le file au tortillard et que, abritée derrière une auto, je le zieute. Oh noooooooooooon.

Mézigue :

– Je… euh… j'étais à la fête de Katie.

Dom :

– Dommage qu'on n'ait pas pu y aller. Note que je ne suis pas franchement à mon avantage en cuir moulant. En revanche, ton, euh… top est top.

Rapide vérification au rayon tenue. Oh, *le trop bien.* Ressemble-je ou non à une péripatéticienne à rôder par les venelles en bottes grand format *und* Lurex ? Bingo.

Mézigue :

– Persil. Une vraie tranche de marrade, mais la population était un peu jeune pour mézigue. Style à danser comme des lapins. Conséquemment, j'ai pris un raccourci pour rentrer en cambuse et…

Scooterino, qui est demeuré coi jusque-là, finit par sortir ceci :

– Je devrais peut-être te raccompagner chez toi, au cas où tu… perdrais autre chose… ta… comment dites-vous en anglais ?

Le Transalpin susurre un truc en mozzarella à Dom et icelui part en hilaritude. Scooterino termine sa phrase :

– Ta boussole.

Oh Notre Seigneur ! Ils se gaussent de mézigue.

Je sens le méga renaud me prendre. À cette micheline-là, je fonce direct vers la gare du spasme géant de nerf. Le mieux est de prendre mes cliques *und* mes claques à la vitesse de la lumière.

Bibi :

– Je me débrouillerai, persil. Bonne nuit à tous les deux.

Le trop génial, j'ai l'air d'une benête de Charlie Dickens. J'en suis comme treize ronds de flan de ne pas avoir déclaré en sus : « Et chacun pour soi. »

Scooterino en m'effleurant l'abattis :

– Allez, viens Georgia. Marchons un peu. *Ciao*, Dom.

– *Ciao*, répond Dom en rentrant dans sa cambuse.

Deux minutes après Déambulation de conserve et sans le son. Impossible de me rappeler si j'ai procédé à une vérif rouge avant de partir de chez Katie. Il faut dégoiser que le départ fut précipité, la vérif est passée à la trappe. Si ça se trouve, je pourrais jeter un zieutage furtif à l'heure de tout de suite ? Faufiler une paluche à l'intérieur de mon sac, chercher le tube à la cécité, le dévisser d'une seule mimine et pratiquer l'ascension jusqu'à ma lippe à la fourbe, les mirettes au sol. Ou alors faire comme si je zieutais derrière mézigue et passer à la phase application sous couvert d'une fausse toux. *Le négatif*, plus question de gestes inconsidérés. Et si j'essayais le rétro d'auto ? Non, trop bas. Ou alors le rétro de bus ou de camion en goguette ? Tais-toi, tais-toi.

Scooterino :

– Toi t'es bien amusée à la fête ?

– *Le positif.* C'était *le extra* avec une possible mention mêêêêêrveilleux.

Scooterino poursuit la bavette (il a la voix trop veloutée) :

– Dom a proposé aller à une fête après rendez-vous. Mais lui pas dire que tu y serais. Et moi, pas trop envie. Mon humeur pas pour la danse.

Quelqu'un peut m'expliquer ce que le Transalpin entend par « mon humeur pas pour la danse » ? Il était moyen partant pour danser ou il n'était pas d'humeur à ? Traduction : en tristessitude. Et si le *positif*, pourquoi ? Et puis, je me goure ou il a déclaré qu'il ignorait que j'y fus. Aurait-il rappliqué s'il l'avait su ? Ou bien suggérait-il que… tais-toi, cerveau, tais-toi. Si seulement, le Transalpin cessait de bavasser et me saisissait dans ses abattis, tout serait limpide.

Tout en cheminant, il y a de temps à autre collision intercoudes et à tous les ramponneaux, je prends une châtaigne de voltage survolté. Impossible de trouver autre chose à lui bêler que : « Bécote-moi, bécote-moi, Sublimo mozzarella ! »

Arrivé dans ma venelle, Scooterino s'arrête, me zieute et me sort :

– Georgia, la dernière fois qu'on s'est vus, je n'ai pas… Je voudrais te dire, te *spiegare*… t'expliquer…

Mézigue plus rapide que la tramontane :

– Il n'y a rien à expliquer. Tu n'es pas obligé. Je comprends.

Le Transalpin en m'effleurant l'abattis pour la *seconda volta :*

– J'ai l'impression de t'avoir fait du mal et… et je ne veux pas. Je…

Mézigue, en me collant le sourire factice de première fausseté sur la tronche :

– Vraiment, je t'assure. Ça va au poil tel ratapoil en villégiature à Poil City.

Scooterino exprime sa perplexité :

– Alors, tu veux dire… que tout va bien ? C'est ça ?

– Tout juste, Auguste.

Il me décoche le sourire.

– Tant mieux, *cara.* Ça me fait plaisir. Alors maintenant, on pourrait être amis et…

Oh, non, il a prononcé le mot « amis ». Le Transalpin sort un stylo et un papier de sa poche, et gribouille.

– Voilà mon numéro. Appelle-moi. On pourrait passer des bons moments… Peut-être *mangiare* et danser ? *Si ?*

Plus muette que le brochet, je suis. À un didi de sangloter à tout va. Je garde le sourire scotché. Pour tout dégoiser, j'y vais tellement fort au chapitre sourire que je risque le blocage en l'état jusqu'à plus soif en raison d'une tétanisation de face. Scooterino me glisse le bout de papier dans la paluche et je reste en mode risette.

Puis il se penche vers mézigue et me pose le poutou sur la joue.

– Tu es délicieuse. Je t'aime vraiment bien,

Georgia. Appelle-moi. On pourrait être des… *come se dice*… des super poteaux. *Ciao.*

Et il s'en va. Rendu au coin de la venelle, il se retourne, m'agite la paluche et me souffle un bécot. Je lui rends l'agitation de paluche *mit* sourire (forcément) *mit* ritournelle intérieure nase : « Arbore la banane, même si ton battant saigne. »

En chambre

Mézigue et la nuit seulabres.

Et Angus, Gordy, Libby et ses joujoux.

Je ne veux pas être son « poteau ».

J'affiche complet au chapitre soi-disant « poteaux ».

Même ce satané la Marrade m'a sorti : « A plus, poteau. »

Par quel tour de passe-passe suis-je passée de Super-Coquine à poteau en moins d'une journée ?

Je n'ai aucune envie de me divertir avec Scooterino.

Qu'attend-il de mézigue ? Que je me pointe chez sézigue pour boire une tasse de caoua et que le breuvage avalé, je lui sorte : « Faut que j'y aille. À plus, poteau » ?

Cinq minutes après Ou que je traîne dans son sillage tel le poteau collant pendant qu'il s'éclate avec d'autres filles aux concerts des Stiff Dylans. Style à lui vociférer quand il sort avec quelqu'une : « Veinard ! Qu'est-ce que tu vas faire ? À plus, poteau. N'entreprends couic que je ne ferais mézigue-même ! Ça te laisse de la marge ! ! ! ! ! ! ! Grrrrrrrrrrrrrr. »

Poteau ?

Pas question que je sois son poteau.

J'ai déjà du mal à être poteau avec mes poteaux.

Et je suis désormais en main au rayon poteau avec Dave la Marrade.

J'ai plus qu'il ne me faut de « soyons poteaux ».

Treize minutes après Poteau.

Dimanche 3 juillet

10 h 30 Coup de bigo de Miss Frangette.

– Gee, tu es debout ?

– *Le négatif.*

– D'accord. Je peux passer te voir ?

– Pourquoi ? Craquos est parti seulabre à la chasse aux limaces ? Je croyais que tu avais RANDO aujourd'hui et que c'était la raison pour laquelle tu n'avais pas pris la peine de passer l'au revoir à ta super meilleure copine hier soir.

– Euh… non. J'ai juste envie de te voir et de bavasser et de faire atelier maquillage et des trucs.

– Il est parti à la chasse aux limaces sans tézigue.

– *Le négatif.*

– Alors, c'est quoi ?

– Il s'est inscrit à l'entraînement de foot du dimanche. Ça ne peut pas lui faire de mal. Et de toutes les manières, il est en mission. Je lui ai demandé de trouver un max d'info sur l'affaire Scooterino.

– Hum.

– Qu'est-ce que tu veux dégoiser par hum ?

– Hum comme dans hum.

– Je peux venir ?

– Si ça te fredonne. On pourra s'entraîner à être poteaux, vu que ça risque d'être le couronnement de ma carrière. Si ça se trouve, je passerai même dans le poste en tant que Poteau de l'année.

Jasounette et bibi en paddock et en boulotation de corn flakes

Midi Jas trouve mon chez-moi « divertissant », et « charmant » que mon alimentation se limite presque exclusivement au biscuit, que mon Vati s'embrase la pilosité faciale tous les sept matins et que les félidés soient allés déterrer les nonos rangés consciencieusement sous le tas de compost du Père Porte-à-Côté par les frères Dugenou.

Et qu'à l'heure de tout de suite, matous père et fils mâchouillent lesdits nonos au peton de mon paddock avec force bruits de mastication. Mais je suis trop épuisée pour intervenir.

La vie chez mézigue n'est pas divertissante.

Elle est lamentable.

12 h 15 Je manque de peu l'hilaritude en zieutant Jas faire la démonstration d'un ajout chorégraphique au « tout schuss sur le disco viking ». En trois mots comme en seize, il convient de renifler le pif tourné vers les cieux. Que je vous explique. Un pas à droite, un pas à gauche et renifle, renifle. Tel le bison viking cherchant sa proie. Si tant est que le bison viking ait jamais été de ce monde.

Le excellent.

12 h 30 Je me chauffe les articulations en vue d'accorder le pardon à Jas. La potesse se montre quasi choupi depuis qu'elle est arrivée. Elle m'a annoncé que mon tarin était en rétrécissement. Nonobstant, elle gâche la chose en ajoutant :

– À moins que tu fasses de la croissance de tête.

N'empêche, c'est l'intention qui compte. Non pas.

Ai-je la caboche en voie d'expansion ?

Tandis que Jasounette prend les mensurations de mon chef, je lui narre l'épisode Dave la Marrade quittant la fête de Katie en compagnie d'Emma.

L'enfrangée :

– Mais tu t'en contre-tamponnes, puisque tu en pinces pour le Sublimo transalpin.

– *Le positif*, c'est un fait avéré. Mais je connais la Marrade depuis des lustres et il y a cette affaire de nous deux possiblement ensemble dont il m'entretint jadis.

– C'est juste. Mais qu'en penses-tu ?

– Qu'entends-tu par là ? Je n'en ai pas la moindre idée !

– Moi-même personnellement, je sais que Craquos est mon seul et unique.

– Oui, mais c'est parce que tu es super tartante, euh... super aveuglée par l'amuuuuuuuuuuur pour esgourder l'appel de l'allumage taille cosmos.

– Je sais.

Dieu que cette fille est irritante, mais je suppute qu'elle ne fait qu'être sézigue-même.

En raison du confo environnemental de nozigue et du retour au bon vieux temps des meilleures potesses, je passe aux aveux. Je lui narre l'épisode Scooterino rencontré par le truchement du hasard tandis qu'un canidé me léchouillait le postérieur.

Jas :

– Mince alors, mon poteau !

Je laisse passer le « poteau ».

Re-Jas :

– Subséquemment, tu arrêtes les frais au rayon Transalpin ?

– *Le positif.* Je tente la méthode fourbissement d'abattis en dépit d'un abattis fourbu. Ce qui peut se révéler douloureux. Surtout en cas de chandail taille poupon.

Jasounette et bibi nous laissons aller à une tranche d'hilaritude car, honnêtement, même si je suis seulabre à le dire, et malgré une chute au tréfonds du tréfonds et d'innombrables escales chez la marchande de gaufrettes fourrées à l'affliction et j'en passe, je suis terriblement poiladogène.

Une fois nos forces retrouvées par l'entremise d'un autre paquet de trucmuches, je poursuis :

– Il faut que j'intègre en caboche que le Transalpin n'existe pas. Et par ailleurs, il me faut le fouetter glacé.

– Ça veut dire qu'au prochain concert des Stiff Dylans, tu feras comme s'il était un fac-similé de première invention ?

– Erreur, je ne ferai couic. Nul besoin, j'aurai. Et tu sais pourquoi ? Parce que je n'irai pas.

– Mince alors.

Je hoche du chef en mastiquant ma croustille.

– Je n'irai plus JAMAIS à un concert des Stiff Dylans. Cet adage est gravé dans le rocher.

– Mince alors.

– Il m'a filé son numéro de bigo et m'a demandé de lui passer le coup de, en vue de sortir ensemble, à la poteaux.

– Mince alors.

– Jas, sans te commander, tu pourrais trouver autre chose que « mince alors » ?

– D'accord.

– En revanche je vais te livrer mes projets concernant le numéro de bigo. Je compte me rendre en futaie dans le dessein de le brûler, histoire de ne pas être tentée de lui passer le coup de grelot. Même dans les pires moments de poulpitude.

– Minc... euh... fichtre.

En futaie

15 h 00 Brasero de bout de papier portant le numéro de bigo de Scooterino incendié. Suivi d'enfouissement des vestiges au pied d'un végétal chêne. (Pour ne rien vous cacher, Jas gratouille trois grains de terre du bout d'une branchette sous lesquels les cendres du défunt papier sont poussées. Il faut un siècle à l'enfrangée pour procéder à la manœuvre en raison d'une trouvaille de champignon possiblement classable dans la catégorie « pas banal ».)

21 h 00 Je ne ressens même pas de désespoiritude. Plutôt de la couicuitude.

Ce qui n'est pas aisé à dégoiser, croyez-moi. Surtout désespoiritude.

Bref, je ne ressentirai plus jamais couic.

Farpait.

J'ai tourné la page amuuuuuuur.

C'est un jeu de dupes.

À partir de désormais et jusqu'à mon trépas, je resterai en chambre à ne couic faire.

22 h 00 Plus rasoir, tu décèdes.

Plus rasoir que deux heures de maths, suivies d'un discours-fleuve de la Mère Fil-de-Fer à base de réminiscences de jeunesse et de fréquentation du collège des Filles-Sinistres en compagnie de la reine Elizabeth et de Tom Pouce, ou va savoir qui passait son temps à faire tartir les populations à l'époque.

22 h 10 Sortie des missives de l'ex-Super-Canon. Je me demande pourquoi je les ai gardées. Ainsi que ses photos. Pour me torturer, voilà pourquoi. Je devrais les passer au vide-détritus *mit* le reste de mon existence.

Je vais rassembler tout ça et procéder au processus requis en cas de passage à autre chose dans la vie. En clair, revisiter la case brasero, agrémentée d'une halte à la case pilon, et ne plus zieuter en arrière. Fini les vieilleries et bonjour à ma nouvelle vie en monastère homosexualiste.

22 h 15 Note, il m'avait écrit : « Ça me ferait vraiment plaisir d'avoir de tes nouvelles. Je pense souvent à toi. » C'est choupi, non ? À une certaine mode. Le quidam n'évoque pas la notion de poteau, c'est déjà ça.

22 h 30 Si ça se trouve, je lui rédigerai une petite bafouille. Possible que d'avoir des nouvelles d'une nonne lesbienniste le mette en joyeuseté. Qui ça ne mettrait pas ?

22 h 35 De toutes les manières, le mal ne peut pas faire. M. Wombat crèche à des kilomètres de ma cité, de l'autre côté de l'océan Transsibérien, ou toute autre liquidité. Bref, au pays des geysers farceurs et trucmuches explosifs.

22 h 45 Que lui relater ? Obligation d'emprunter la voie menue qui sépare glaciosité d'amicalosité. Saupoudrée d'à peine une pincée de : « Tu ne sais pas ce que tu rates, mon beau zozieau. »

Minuit Pas facile, la rédaction de missive. Mais compte tenu de mon nouvel état d'esprit, style je n'ai plus aucun secret pour nul individu, je lui narre le tout. Pour ce faire, je me suis dégoisé de la sorte : *J'envoie tout à Satan ! Chacun pour sézigue ! Prenez-moi telle que je suis, la vraie Georgia. La véritable personne en authenticité, qui n'a plus les chocottes de s'affirmer* mit *fiertitude. Cramée au micro-ondes de l'amour et surchargée pondérale par excès de gaufrettes fourrées à l'affliction et…* Bref, que blablatais-je avant de m'égarer à nouveau du côté de chez la marchande de gaufrettes ?

D'honnêtitude.

0 h 03 Il va sans dégoiser que je fais l'impasse sur les épisodes où je me révèle sous le jour dernière des nulles. Mais je lui conte l'intégrale cornes de bison et noces vikings. Sans omettre de lui signaler que Herr Kamyer pourrait être pressenti comme dame d'honneur.

0 h 05 Résultat des courses, lui relater la totale mézigue fait remonter la jauge à bonne humeur de plusieurs crans. Vu du dessus, la vie n'a pas si mauvaise mine quand on songe aux heures de marrade cumulées par le Top Gang, malgré les jeunesses hitlériennes, l'autorité parentale, le gène de l'orang-outan, les pustulettes en germination et ainsi de suite.

Je ne peux m'empêcher de glisser quelques détails vis-à-vis de Lindsay la Nouillasse et de son existence de phasme farpait. Je me dis qu'il n'y a pas pire coup de maîtresse que de débiter des amabilités en toc à son envers, style : « Je suppose que tu es au sent-bon que Lindsay est passée chef surveillante, une tâche dont elle s'acquitte au petit poil. Il y a d'ailleurs quelques sixième qui ne mettront plus jamais le pif dehors seulabres de leur vie. Par ailleurs et encore une fois, elle s'est placée pile à la pointe de la mode par l'entremise de passionnantes rallonges capillaires. Ce genre de courage ne se voit plus guère de nos jours hors du cirque. »

Au chapitre garçon, je tourne autour du vase. J'aborde le topo Stiff Dylans l'air de couic sinon ça aurait l'air trop bizarre. Mais je lui sors juste : « J'ai assisté à plusieurs concerts, pas mauvais. Le groupe a un nouveau chanteur qui s'appelle... euh... Massingo, je crois, ou autre. Il n'est pas manchot, mais peut-être un peu râpeux au rayon voix. À ce propos, j'ai croisé le Vati de Dom. Il me semble qu'il n'a plus souvenance d'avoir conjecturé que je voulais l'attraper dans mes filets pour cause de méprise *mit* un agent de musicos méga célèbre. Puisqu'on en est au chapitre Vati, le replet mien a mis le feu à sa pilosité faciale. Pas de changement de ce côté-là. »

Rendue à ce paragraphe, j'ai comme qui dégoiserait égaré toutes mes inhibitions. Ça me propulse en soulagement de tout (ou presque) blablater à un individu de sexe mâle. Qu'ai-je à perdre ? L'heure de l'impressionner est passée.

0 h 07 Je ne sais pas trop comment terminer ma bafouille. « Affectueusement » est-il le bon choix ?

Pas question de : « Signé, ton poteau ».

Au bout du compte, je me décide pour : « Voilà, je me trisse à dos de chameau véloce. Ce serait top de te revoir. À bientôt. Georgia. »

Et j'ajoute un poutou.

Puis je cogite que le poutou unique pourrait passer pour potesque. J'en appose deux autres.

Trois poutous.

C'est bien.

Ça n'implique pas de rosissement popotal sous-jacent, mais un *je-ne-sais-qui* épicé d'une pointe de nostalgie.

0 h 10 À tous les ramponneaux, il a une copine répondant au doux blaze de Gayleen.

Ou Noelene. Ou Joelene.

Une copine wombat.

Lundi 4 juillet

Sur le chemin du Stalag 14

8 h 20 J'ai revêtu le brassard noir en hommage au jour anniversaire où le Hamburger a balancé nos sachets de thé dans la mer en déclarant qu'il ne voulait plus que le Grand-Britton le commande.

C'est à l'époque du sachet de thé que le Hamburger inventa son propre idiome, et zieutez où ça l'a conduit.

Dans les goguenots de la vie.

Et à enfiler le slip au lieu de la culotte véritable.

Mais qu'il en fasse à sa caboche.

Que le Hamburger s'enveloppe dans du papier d'aluuuuuuuuuuuuuuminium si ça lui fredonne.

Nous, au pays de Billy Shakespeare, ne nourrissons pas de rancune à son envers et l'aimerons toujours.

Jusqu'à ce qu'il reprenne deux didis de jugeote et nous laisse à nouveau le commander.

8 h 30 Retrouvailles *mit* Jas à son portail. La copine passe illico en mode abattis dessus, abattis dessous, ce qui est trop choupi. Mais pas question de lui faire savoir.

Mézigue :

– Ma devise est : motus et bouche cousue.

Miss Frangette me décoche le zieutage.

– Pourquoi tu me blablates de couture ?

– Non, Jas. Ce que je veux dire par là, c'est que tu ne dois souffler mot à quelqu'une de l'épisode Dave la Marrade chez Katie et du fait que je suis poteau de Scooterino.

– Je sais tenir ma langue.

– Faux.

8 h 35 Arrivée devant la boîte à missives au bas de la pente qui mène au « collège », je m'interroge sur le bien-fondé de poster ma bafouille à SuperCanon. Hum. Demandons l'avis de Jasounette. Erreur.

Jas :

– Je croyais que tu étais raide dingue ou de Scooterino ou de Dave la Marrade. Et voilà que tu écris à Robbie.

– Je suis au jus.

– Tu es en triple infidélité. Sauf que tu n'es la copine de personne.

– Ferme ton clapet, Jas. Tu n'es pas le petit Jésus.

– Je sais. Je dis seulement que tu vas méga décevoir le petit Jésus.

– Sûrement pas. Il m'aiiiiiiiiiiiiiiiiiiimera quoi que je fasse. Et par le fait, il y a des chances que mes occupations Le passionnent plus que les tiennes, ô toi grand mulot. Jas, fais gaffe de ne pas te montrer plus mulot que le muletier ! Hahahahahaha. Vise la blague rongeuse panachée équidé ! Pas impossible que j'aie chopé l'hystérie. Que dois-je faire ? File-moi le coup de paluche, petite Jasounette ! Poste-je ou ne poste-je point ?

La potesse prend l'air inspiré, ce qui file toujours les chocottes, et me sort :

– Soyons logiques. Si une camionnette blanche passe dans la minute, tu postes. Mais si le chauffeur a une casquette de base-ball, attends cet aprèm' pour mettre la lettre, et si…

8 h 40 Sauvée du dilemme insoluble posté-je ou ne posté-je pas par un facteur méga ronchon et atteint de démence aggravée qui rapplique pour vider la boîte. Le préposé m'arrache la missive de la mimine et la fourre dans son sac.

Mézigue :

– Euh… je ne sais pas trop si je veux l'envoyer.

Grincheux :

– Dépêche-toi d'aller en classe !

Sympa, non ? Comme je l'exprimai à qui voulait bien l'esgourder (personne), le propre du fonctionnaire est de se mettre au service du public, c'est-à-dire : bibi. Le problème est qu'il ne percute pas.

14 h 00 Quarante-cinq heures de confinement au Stalag 14, interrompues par deux pauses roulés à la confiture.

Ai-je bien fait de poster la bafouille ?

14 h 30 De toutes les manières, quelle gravité ? Avec la chance qui me caractérise, soit la bafouille n'arrivera pas à bon débarcadère, soit Super-Canon ne se fendra même pas d'une réponse. Résultat, j'aurai été refoulée par quasi tout un garçon de la planète.

14 h 35 C'est décidé. Je me consacre à ma carrière. Si ça se trouve, je serai nonne homosexualiste polyglotte.

En couloir et en molle déambulation vers le cours de *le bel France*

14 h 55 Je demeure plus coite que le coi, même sous le bombardement d'interrogations du Top Gang au chapitre *love story.*

Mézigue à Roro :

– Il ne s'est couic passé. Zéro matière à compte rendu.

La fiancée du géant des steppes glacées me décoche le zieutage zieutant. Mais je ne craque pas.

J'aurais été la recrue *le extra* pour la Résistance française si on avait pris la peine de me solliciter.

Mais *le négatif.*

Une supposition que j'aie été de ce monde à l'époque, une certitude que j'aurais répondu par la négative, rapport à cette affaire de Baguettes-à-Béret traitant les Grands-Brittons de capitulateurs boulotteurs de fromage.

À moins que ce ne fût le contraire ?

Je n'en sais trop rien. Cessez de me poser des questions sinueuses.

15 h 00 Par le biais de l'erreur, j'y suis allée trop franco et j'ai rendu mon devoir de *le Bel France* à temps. J'ai cru que la Mère Slack allait choper l'autocombustion, mais *le négatif.* Trop dommage. Elle me sort juste :

– Sur qui avez-vous copié ?

Ce qui de mon point de vue perso œuvre moyen pour les relations profo-élèves en ces temps difficiles.

16 h 30 Pour la première fois en cent ans, je rentre seulabre en cambuse. J'ai pipeauté au Top Gang que j'avais rendez-vous chez le toubib, mais telle n'est pas la vérité. Nonobstant, si j'écoutais Mutti, je passerais mes journées au cabinet du docteur Clooney pour lui permettre de tourner lamentablement autour de l'assermenté d'Hippocrate. Pour tout dégoiser, je ne me sentais pas de prendre le risque d'avoir la Marrade en compagnonnage et de cheminer de conserve avec lui et ses poteaux comme si toute chose était domiciliée à Normaleland. Je ne saurais dire pourquoi mais je ne souhaite pas le voir. C'est juste que ça me fait bizarre qu'il sorte *mit* Emma Jacobs.

Note, je ne suis pas seulabre dans le cas. Ellen a manqué de peu le spasme de nerf à ce propos. À la récré et au QG du Top Gang, le sujet Marrade raccompagnant Emma Jacobs n'arrêtait pas de la faire blablater des : « Mais... pourquoi... pourquoi ? ? ? » L'experte en n'importe quoi était en totale turbulence cervicale à base de secousses de caboche à plein régime.

J'ai dû faire preuve d'une extrême glaciosité et de plusieurs recours au « tout schuss sur le disco viking » frénétique pour empêcher le Top Gang de m'interroger. Et pourquoi j'étais partie si tôt de la fête ? Est-ce que j'avais eu matière à tourneboulement ? Dans quel état j'errais ? Et patati *und* patata.

Mais c'est mon petit secret douleurogène et je ne le partagerai *mit* personne. La seule au sent-bon est Miss Culotte-Méga-Couvrante.

Cinq minutes après Et j'ai requis de Radio Jas qu'elle me jure le secret.

Une minute après Subséquemment et à l'heure qu'il est, le Top Gang a le total compte rendu.

Une minute après Et sait également le nombre de mes escales au service pipi et Cie les quinze derniers jours.

Cinq minutes après En descente de colline, j'avise les deux petites mouflettes ramponnées par Lindsay la Nouillasse cheminant à cloche-peton. Et quand je dis cloche-peton, ce n'est pas du figuré. Sautais-je de la sorte quand j'avais leur âge ? Sûrement pas. Arrivée à leur hauteur, je m'aperçois que les bambines sont en épuisement à force de bondir sur une guibole, accablées d'un cartable de fortes dimensions et de poids considérable. Il n'est pas impossible qu'en de rares occasions, je rentrasse en cambuse à dos de canasson d'invention, mais je n'ai pas souvenance de sac en surcharge pondérale.

La vie est un mystère.

En QG d'apprentissage de vie monastique homosexualiste, autrement dégoisé, ma chambre

Soir À partir de dorénavant, je me consacrerai entièrement à l'acquisition du savoir…

Zzzzzzzzzzzzzzzzzzzzzzz.

MAC(COUVRE-)FESSES

Mercredi 6 juillet

Récré d'aprèm'

Morceau de chance, le Top Gang a opté pour des topos plus intéressants que le cas mézigue. Toute une chacune est en roue libre et en enthousiasme sur le sujet noces vikings de Roro *mit* le géant des steppes glacées.

Rosie :

– J'ai pensé à une très jolie tenue pour Sven dont je prendrai les ingrédients vendredi à la répète costumée de *MacFesse.*

La potesse refuse d'en révéler davantage, si ce n'est que son fiancé ne se tiendra plus de fermentation.

Un spectacle auquel nulle ne souhaite assister.

16 h 30 Retour en cambuse *mit* Jasounette Spasmounette qui répète son texte de Lady

MacFesse dans sa pilosité faciale. J'espère qu'elle n'est pas en train de tourner spasmodique ou toute autre affection du citron qui vous fait croire qu'on est deux personnes en même temps.

J'ai le nerf en légère pelote à l'idée de revoir la Marrade vendredi. Je ferais bien de m'entraîner à ces fariboles de poteau *mit* exaltation. Et possiblement lyrisme. Quelle est l'attitude adéquate du poteau qui rencontre un poteau ? Comment me comporte-je en compagnie de mes poteaux ?

Trois minutes après Une supposition que Jas ne cesse pas d'élucubrer à propos de taches, une certitude que je vous livre mes intentions à son envers dans une minute.

Cinq minutes après *Quelque dommage*, j'exprime ma pensée interne à voix haute :

– Jas, si tu ne cesses pas d'élucubrer à propos de taches, je te trucide sur-le-pré.

Miss Frangette met un terme à ces « Disparais, misérable tache » et me fait :

– Ce n'est pas la peine de t'en prendre à moi sous prétexte que tu es en allumage taille cosmos pour le premier garçon venu alors que tous préfèrent être poteau avec toi.

Un quart d'heure après Voici ma recette pour retrouver la risette : prenez une potesse, de préférence *mit* frange irritante et couvre-fesses surdimensionné, dès qu'elle commence à divaguer, poussez-la promptement dans un fossé et prenez la poudre d'Espelette.

Hahahahahaha.

Le très riant de voir Jasounette Spasmounette plonger caboche la première dans la ravine herbue.

Hahahahahaha.

Vendredi 8 juillet

En QG de *MacFesse*

16 h 50 Répète en costume devant tout le bahut à 17 h 30.

La tension monte à El Paso. L'heure du spectacle a sonné, sonné…

Zzzzzzzzzzzzzzzzzzzzzzzzz.

La Mère Wilson nous délivre son célèbre discours de répète spécial éveillant, mais toute une chacune parvient à garder les mirettes ouvertes. À l'esgourder, l'honneur de l'établissement reposerait sur nos épaules. Nous avons deux soirées de déambulation en collants à vociférer des « Loch ! » pour convaincre les populations que fréquenter l'école n'est pas une totale perte de temps. Et ne servirait pas uniquement d'excuse à des individus n'ayant couic d'autre à faire de leurs didis (j'ai nommé Œil-de-Lynx, la Mère Fil-de-Fer, la Mère Slack, Herr Kamyer et le dément certifié, Elvis Attwood), pour aller quelque part, au lieu d'importuner les gens dans la rue.

Le trop heureusement, la Mère Wilson tient le gouvernail. Subséquemment, la répète devrait tourner à la cata.

Jas me zieute tel le Peau-Rouge givré, dit Gros Serpent, qui opère dans un film nase sur les Mohicans. Dans le navet, l'Indien passe son temps à pister du popo de bison en couvre-chef plumé et à reluquer les individus. Jas ne m'adresse plus la parole depuis deux jours pour cause d'incident de fossé inopiné. En revanche, je ne vous raconte pas la reluctance à la mode franchement mauvaise qu'elle me lance à l'arrivée de la Marrade et confrères.

17 h 00 Je garde ma distance de sécurité vis-à-vis de ladite Marrade, mais sans abuser. Pas question qu'il remarque mon manège et s'imagine que je l'évite. J'ai opté pour le collage aux basques de Roro, Jools et du reste du Top Gang. L'abjecte Pamela Green n'arrête pas de venir chercher réconfort auprès de mézigue et de me demander toutes les trois secondes si mon épée est confo. La grosse chose croit dur comme cuivre que je suis son épousé. Au rayon pathétique, c'est sans doute ce qui m'arrive de pire. C'est dégoiser *LE GRANDE QUANTITÉ.*

N'empêche, nulle personne ne peut dire que je n'endure pas la souffrance. Et croyez-moi, je morfle en *LE GRANDE QUANTITÉ.* J'espère que mon cervelet cessera de produire des *LE GRANDE QUANTITÉ* d'ici peu. Et je suis sincère en *LE GRANDE QUANTITÉ.*

Plus qu'une demi-heure avant le lever de rideau. Nonobstant, Norman le Boutonneux étant à la manœuvre, j'ai bon espoir que cette pièce ne voie jamais le jour, au sens sale du terme.

Roro et mézigue nous occupons gentiment au rayon « maquillage », quand la Mère Stamp rapplique (et je pose la question. Que vient-elle faire dans *MacFesse* ? Une scène de sport lesbienniste m'aurait-elle échappé ? Note, tout est possible, vu que je ne me suis pas cassé le popotin à me fader l'œuvre en intégralité, mais uniquement ce qui me concernait), et nous ôte la responsabilité de la fausse fourrure. Allant jusqu'à exiger de Roro qu'elle retire sa moustache, alors que la pilosité sublabiale n'était ni plus ni moins qu'un hommage à sa personne.

J'ai à peine commencé mes exercices d'assouplissement *mit* Roro (traduction : coup de cornes à droite, coup de cornes à gauche), que Dave la Marrade passe dans notre vicinalité, clignant de la mirette et tronçonnant des bouts de mur de château et ainsi de suite. Une chance que j'aie la couche de trompe-couillon en surnombre, sinon il devinerait mon teint d'écrevisse cramoisie. Tandis que la Marrade passe son chemin, Jools me tend sa branchette de sorcière. Je pars alors d'un rire de hyène empaillée. La Marrade me décoche le zieutage. Jools itou. Et comment lui en vouloir, elle me disait simplement : « Tu veux bien me tenir ça pendant que je passe au service pipi et Cie ? »

Pas exactement la blague du siècle.

Le rire de hyène était destiné à ce que la Marrade percute que je vais au poil et me contre-tamponne de notre *bécotus interruptus* à la soirée de Katie. Et qui plus est, que je m'en bats la mirette avec une patte d'acarien de savoir *mit* qui ou quoi il passe ses soirées.

Ellen le gratifie de sa version perso du battage froid qui est proprement désopilante.

Ellen à mézigue :

– Je vais faire savoir à Dave ce que je pense de son comportement. C'est ce que je compte faire. Je devrais, non ? À ton avis, tu crois que je devrais ? Parce que d'après moi, tu devrais… tu devrais… Bref, qu'est-ce que tu en penses ?

Oh, Notre Seigneur.

Je ne vois pas pourquoi la copine s'angoisse tant puisqu'elle ne tient pas plus de deux minutes au rayon battage froid. La Marrade qui passe dans nos environs, couvert de brindilles, nous fait :

– Dites, les filles, vous me trouvez de bois ?

Ellen vire illico tomate à fort fard et glousse telle l'oie. Pas exactement ce que j'esgourde par fouettage glacé de premier froid.

De l'autre hanche, votre serviteuse agit de manière totale idoine. Très légère risette qui indique que je crèche à la catégorie *le riante*, mais que je ne cotise pas à la catégorie intéressée par ce que traficote Dave la Marrade.

17 h 50 Miss Frangette me frôle en allant faire l'intéressante en costume de Mère MacFesse. Je lui octroie le sourire séducteur, mais la potesse refuse de me rendre la pareille. Patience, elle se ralliera à ma personne. Quelle autre demeurée à part mézigue écouterait ses divagations à base de mulots ? Par ailleurs, ma présence sur scène n'étant pas requise pour l'instant, j'accompagne Roro à la caisse des accessoires dans le dessein d'y farfouiller.

Rosie sortant un faux pif :

– À ton avis perso, Gee. Une supposition que je porte le faux pif à la doublette avec le mien, tu crois que le public percuterait ?

La question de la potesse me ramène au bon vieux temps de l'année dernière. À l'époque où la vie était trop simple. J'étais en amuuuuuuuuuuuuuur de Super-Canon et limite sur le point d'être sa copine. On jouait *Peter Pan* et, comme au jour d'aujourd'hui, maints ahuris faisaient les Georges en collants (à part l'Abjecte qui incarnait un canidé). Exclues de la pièce, Rosie et votre serviteuse furent affectées aux accessoires. Nous tombâmes sur une mine de fourrure théâtreuse et, chaque fois que nous tendions une épée ou autre article à Lindsay la Nouillasse qui batifolait sur scène, nous ajoutions davantage de fausse pilosité sur nos personnes. À la fin du « spectacle », nous avions acquis la mimine extravelue et, en ce qui concerne Roro, un unique sourcil méga fourni et des rouflaquettes. Dieu que nous rîmes en gambadant vers nos trois heures de colle. C'était l'époque bénie pré-vieille tante moustachue.

J'en suis là de mes réflexions quand Roro, la caboche sens dessus dessous, me sort ceci :

– Je projette de camoufler cette fourrure que voilà par-devers mézigue et de la rapporter en cambuse en vue de mon mariage viking.

Dans ce genre de circonstance (Rosie atteignant des sommets de démence inexplorés), il est inutile de poser des questions.

20 h 30 À la fin de la pièce, une tripotée de décérébrés applaudit les « acteurs » en révérence. Sur le front perso, je fus victime d'un incident malheureux en cours de prestation, mais je doute que le public le remarqua.

En route vers la cambuse et en compagnie du Top Gang

21 h 10 Jas persiste sur le mode grogne-grogne en marchant le plus loin possible de mézigue. Et régale toute une chacune de ses berlingots dissimulés. Je m'en bats le globe oculaire avec une patte de mite car je crains qu'elle ne les range à l'intérieur de son couvre-fesses surdimensionné.

Sur ces entre-fêtes, j'avise Dave la Marrade et sa bande derrière nous ! Nom d'un poireau léthargique ! J'ai intérêt à déployer un max de glaciosité.

Bibi à Roro :

– Tu sais quoi, ma Roro ? Ma fausse pilosité faciale a chu pendant ma scène de guerroyage à l'épée. J'ai dû continuer à ferrailler d'une seule paluche et tenir ma pilosité en décontracture de l'autre. Tu avais remarqué ?

Rosie :

– *Le positif.* Qui n'a pas percuté ? Tu avais viré Macduff Coupe-qu'un-coup, le gus le plus minaudier de tout le Pays-du-Loch-Ness-et-Monstre-du.

Génial.

Non pas.

21 h 15 La Marrade et consœurs usent de la marche forcée de poilade dans le dessein de nous rattraper. Ils nous auront rejointes dans ni plus ni moins qu'une minute ! Toute cette affaire de poteau est au-dessus de mes forces. Annonce au Top Gang :

– En fait, je décède d'envie d'une petite foulée. Je pars devant. À demain, pour le flop final !

L'intégralité du Top Gang me zieute comme seize ronds de flan. Après une minute de course, je tente le coup de mirette dans le rétro et découvre que la Marrade s'est mis de conserve à la petite foulée. Oh noooooooooooooon. J'appuie sur le champignon, mais en moins de huit, il arrive à ma hauteur et galope à mes côtés en me décochant l'œillade. Ou plutôt à mon volume mammaire ! Je n'ai pas revêtu le soutien-nunga-nungas de contention à triple bride compressante. Flûte et contre-flûte.

Toujours en petite foulée

Deux minutes après Ceci est ridicule. Tandis que nous galopons de concert, la Marrade me glisse l'abattis sous le mien. Nous voilà rendus au jogging en tandem. Le poids de mes nunga-nungas finit cependant par avoir raison de ma raison et je suis contrainte au ralentissement.

La Marrade :

– Dis-moi Super-Coquine, tu ne serais pas en renaud avec moi, des fois ?

Je me tourne vers sézigue et, entre deux halètements de veau, lui balance le sourire qui trucide :

– Qu'est-ce qui peut bien te faire croire une chose pareille ?

L'expert en me reluque.

– Conclusion, tu es en renaud.

Nom d'une courgette récalcitrante.

La Marrade développe :

– Sauf erreur, tu ne veux pas sortir avec moi. Total, je sors avec une autre. Tout est bien qui finit bien ? Je me goure ou je me goure ? À moins que tu ne veuilles que je reste seulabre jusqu'à trépas au cas où tu aurais envie d'un petit bécot en passant ?

Pour ne rien vous cacher, posé de la sorte, je me dis : « *Le positif*, c'est exactement ce que je veux. » Sauf que c'est difficilement exprimable à autrui pour cause de non-normalité.

Je réfléchis puissamment à une réponse empreinte de conformité, mais force m'est de reconnaître que je n'ai pas reçu d'éducation au chapitre normale normalité. Couic de ce que mes géniteurs n'ont jamais énoncé de leur vie ne peut passer pour de la conversation en règle avec la normalité. Bref, pile au moment où je feuillette fébrilement mon cerveau à la recherche d'une portion de converse appropriée, ma matière grise se carapate vite fait en vacances au pays de l'allumage. M'entraînant sur la courbe inusitée du cil de la Marrade et sur la moue trop chou de sa lippe et… Et c'est là que l'intéressé me dépose un poutou nain sur la joue et file retrouver ses potes.

Diantre.

Minuit Résumé de cette folle soirée : ma pilosité faciale a chu et Dave la Marrade a assisté à la gigue endiablée de mes nunga-nungas livrés à eux-mêmes.

Et il sort avec Emma. C'est confirmé.

Ce dont je me contre-tamponne.

Un max.

0 h 10 J'ai décidé de m'exprimer par le truchement de l'art. Demain, je régalerai l'assistance d'une prestation inoubliable. Dieu merci, mon rôle se limite à chouiner et à en découdre, or j'ai de l'entraînement dans le domaine.

Je montrerai à Dave la Marrade que je peux faire preuve d'autant de maturosité et de sophistication que la première demeurée venue.

Samedi 9 juillet

J'ai beau essayer de les fourvoyer avec une date erronée, Mutti, Vati, Grand-Vati et Maisie assisteront ce soir à la représentation.

19 h 00 J'use pas loin de quatre tonnes de colle pour maintenir ma pilosité faciale. Avec la chance qui me caractérise, elle refusera de quitter ma zone mentonnière à la fin du spectacle et je n'aurai plus qu'à foncer direct au monastère homosexualiste.

19 h 05 Les coulisses ne sont ni plus ni moins qu'un cauchemar de collants. Miss Frangette déambule de-ci *und* de-là, son fichu poignard à la mimine, en marmonnant son texte. Dieu que c'est irritant. Je l'entends répéter à bouche que veux-tu :

– Que l'on me châtre ici même et me remplisse à ras bord de la couronne aux pieds de pure cruauté… Est-ce une dague que je vois devant moi… ?

Sur ce, elle se livre à une frénésie de coups de poignard.

Telle la givrée pur sucre.

Qu'elle est.

Je dois garder en souvenance de ne jamais me fâcher avec sézigue les fois où elle coupe du pain.

Note, je ne risque pas de me fâcher avec elle, vu qu'elle persiste à me fouetter glacé.

19 h 30 Lever de rideau sans encombre. Surprenant. Par une fente dans un paravent de côté, j'ai une vue plongeante sur le préau. La salle est comble. *Le trop formidable.* Ma « famille » est assise au premier rang.

Scène du banquet

20 h 30 L'un dans l'autre et l'autre dans l'un, les choses ne se déroulent pas si mal.

Si on oublie les cafouillages de Dave la Marrade au rayon son. La scène du banquet, qui aurait dû s'ouvrir au doux chant de la cornemuse, est agrémentée de cris de mouettes. Je ne vous raconte pas la perplexité du public.

Sauf que, après le batifolage de-ci *und* de-là de Jas et de son « mari », Honour Stevens (plus connu sous le patronyme de MacFesse, baron de Cawdor), *mit* leurs invités à deux didis de se faire trucider, débutent les improvisations de la Mère Wilson. Notre Seigneur sait si nous tentâmes de raisonner la fiancée de la Barbe de l'Avon au chapitre jonglage et autres fariboles à base de feu, mais écoutait-elle seulement ? Non pas.

Melanie est limite sur le point de remporter le championnat du désastre oranges par l'entremise du jet d'agrumes en toute impunité, assortie de retombée aléatoire des mêmes et ainsi de suite. D'autant que le découragement la gagne pour cause de zieuteurs zieutant (les gus de Foxwood), quichés tous en tas sur un côté de la scène, suspendus au moindre trémoussement de ses nunga-nungas. Résultat des courses, il y a du cassage de binette d'oranges un peu partout. Suivi d'un commentaire remarquablement audible de mon Grand-Vati :

– Quelle belle plante !

Mais la griotte sur ce que vous savez est remportée par Ellen dans ses œuvres enflammées. Tout individu croyant judicieux de mettre du feu entre les paluches d'une fille atteinte de divagation aggravée telle qu'Ellen devrait intégrer *fissa* l'asile d'aliénés le plus proche. Honnêtement. Tout ça pour dégoiser qu'Ellen dispose d'un papier spécial incendiable qui se tortille en l'air et vous fait la paluche tel le brasero. Sauf que c'est pour de faux. Il suffit simplement d'allumer ledit papier (ou vos minimes incandescentes pour les mirettes du public), jusqu'à ce qu'il se consume et disparaisse dans la stratosphère sans blesser personne. Telle est l'affaire du faux feu en théorie et tel qu'il se déroula hier soir.

Rendons à Julot, ce qui est à César. Ellen allume son papier et fait son affaire de paluches incandescentes toujours sans incident, sauf que l'experte en élucubration se trouve en trop proche vicinalité de Norman le Boutonneux et de sa fausse pilosité faciale. La suite, tout le monde la connaît. Pour ne rien vous cacher, le Boutonneux est limite sur le point d'être inoubliable. Voyant sa pilosité faciale s'embraser, il sort de scène tel le crabe véloce. Et là advient le moment de gloire du gardien de collège irascible. Elvis surgit tel M. Siphon le pompier, armé d'un extincteur dont il arrose copieusement l'expert en acné ainsi que l'Abjecte qui rôdait dans le coin. La pilosité faciale cesse de calciner, mais les deux déficients font concours de boulette sur boulette tels les faiseurs de boulettes atteints de cécité, pendant cinq bonnes minutes.

Sehr le riant.

21 h 30 Nous voilà vomis à la grande scène de bataille, au moment où le bois de Great Birnam se déplace à High Dunsinane. Tout(e) un(e) chacun(e) est déguisé(e) en végétal et ainsi de suite. Je glisse cette remarque à l'esgourde de Roro :

– C'est un triomphe, ma chérie. Un triomphe, très chère.

Sur ces entre-fêtes, Dave la Marrade, maître technicien et andouille de première fraîcheur, disjoncte.

Un instant, je crains que la Mère Wilson ne perde définitivement le pédalier et mérite d'être hélitreuillée vers un poste de secours avancé. L'experte en Billy est terrassée par un spasme de nerf de magnitude vingt sur l'échelle de Richter quand la Marrade (aux interrupteurs) plonge l'intégralité du dispositif théâtreux dans l'obscurité totale. En détail, ça nous fait : la scène, les coulisses, l'avant-scène et le toutim.

Entraînant la chute d'une majeure partie de la « forêt » dans la fosse. Au moment du « drame », je me trouve sur un côté du plateau où je sens une paluche profitant du noir d'encre pour me pincer le fessier. Aïe !

Il ne fait aucun doute que le coupable est la Marrade. Mais, quand la lumière revient, il arbore l'air méga surpris et aligne les « Quoi ? Quoi ? » à qui veut l'esgourder. Il prétend qu'il est « tombé » contre les interrupteurs et par le truchement de l'inadvertance.

Le public applaudit à tout rompre les « acteurs » végétaux ayant chu parmi lui ! Persuadé qu'il s'agit d'une interprétation moderne de la pièce. C'est dégoiser l'étendue de la demeuritude des parents dans leur ensemble.

21 h 45 Même si c'est mézigue qui le dis, je suis un Macduff sensas. Je réussis à chouiner des larmes certifiées véridiques. Note que, vu ma vie, je n'ai pas de mal. En sortant de scène, je vérifie l'état du public et m'aperçois que même la Mère Œil-de-Lynx a le pourtour oculaire rosé. Et puis, en passant à côté de la Marrade, icelui me passe l'accolade *mit* ces mots :

– Bien joué, Super-Coquine. Tu es une tragédienne de première tragédie. D'autant que cette tunique te fait le nunga-nungas remarquablement guilleret.

Décidément, il est troooooooooooop accablant.

21 h 55 A la fin de la représentation, les spectateurs applaudissent debout. Enfin, ceux qui parviennent à se lever. Je remarque incidemment que mon Grand-Vati retrouve la position verticale pile au moment où tout le monde se rassoit.

22 h 20 Hourra ! ! ! ! La Mère Fil-de-Fer déclare l'armistice pour cause de performance *sehr sehr* mêêêêêrveilleuse du Top Gang et de ma personne, et nous retourne la corne de bison ! ! ! ! !

Nous nous livrons aussi sec à un « tout schuss sur le disco viking », histoire de fêter l'événement, mais je doute que l'autorité pédagogique percute. Elle décampe à dos de gelée maousse pour aller s'entretenir avec les givrés hors d'âge.

Le Père Attwood a la bobine du quidam persuadé

de recevoir une médaille en récompense de ses talents de fantassin du feu. Il n'arrête pas de seriner à qui veut bien l'esgourder :

– Oui, heureusement que je me suis entraîné à ce type de sinistre. J'ai un épouvantail dans mon jardin que j'incendie régulièrement. J'ai ramené mon temps d'extinction à dix secondes.

Nom d'un pois gourmand infiltré. Quelle vie excitante que la sienne !

S'il y a effectivement « tout schuss sur le disco viking », Miss Frangette n'y participe pas. Elle persiste à faire le museau. Je l'ai entendue dire à Jools que l'émotion dont elle avait truffé son rôle l'avait terrassée. Je ne vois pas pourquoi. L'enfrangée n'a fait que poignarder un quidam et délirer au sujet d'une tache. De toutes les manières, elle part avant nous, en câlin *mit* son « fiancé », blottie contre sézigue, tel l'elfe hémiplégique. Lamentable. Elle passe l'au revoir à toute une chacune, sauf mézigue.

Je la crois incapable de me fouetter glacé jusqu'à ce que mort s'ensuive.

22 h 45 Retour en cambuse avec le reste du Top Gang

Refus de monter dans la clownomobile de mes vioques.

Vati :

– Tu n'as donc pas envie de filer dans la nuit en *lovemobile* ?

Beurk ! Notre Seigneur. Et je vous ferai dégoiser qu'il sort ça devant toute la cantonade. Sans compter que le père de famille est en T-shirt et jean serré. S'il existe un bouquin intitulé *Comment se comporter comme le dernier des demeurés,* il l'a en triple exemplaire.

Mon Grand-Vati tient absolument à montrer son dentier au Top Gang avant d'accepter de monter dans le bus avec sa fiancée tricotée paluche en intégralité. Maisie a le sac à mimine au point mousse. Et le porte-pépettes itou.

Minuit

En arrivant dans mes pénates, un manger d'honneur m'attend et Libby a décoré ma chambre. Traduction : la douce enfant a revêtu son costume de fée et arrosé tous ses « gopains » à la paillette. Tous ses « gopains » égalent : la Barbie plongeuse sous-marine, Charlie le cheval, la caboche de la poupée Pantalitzer (tout ce qu'il en reste depuis que Mini-Bigleux, en crise numérotée, lui a arraché les abattis), ainsi qu'un assortiment de tronçons de légumes. Tout ce moche monde est quiché dans mon paddock de façon chocottogène.

D'autant plus pétochogène qu'en déboulant en chambre, ma loupiote est éteinte. Je la rallume aussi mouillé pour découvrir toute la collectivité dépassant de la couette. Et, sur ces entre-fêtes Libby hurle :

– Sagut, Georginette. Surprise ! ! ! ! ! ! ! !

Vraiment ? Angus, Naomi et Gordy font aussi partie du lot. Ma sœurette les a saucissonnés dans un sac à provisions dans le dessein de les empêcher de se faire le bagage.

Essayez donc d'enfiler votre pige-moi-ça *mit* une bambine ailée accrochée à la guibole.

N'est pas aisé.

Mais quoi l'est ?

13 h 30 Permettez ce petit conseil : ne jamais se rendre en parc, la taille ceinte d'une gniarde.

Mini-Givrée refuse de me lâcher.

14 h 00 À bout d'arguments, je grimpe dans mon végétal perso, histoire d'échapper à l'enfant. J'ai de l'exténuation post interprétation. Une supposition que je puisse me coincer le popotin entre deux branches, une certitude que je piquerais un petit roupillon des familles.

Aucune chance. Les minous font les Georges dans le pin du Père Porte-à-Côté, style à escalader le tronc les quatre pattounes de conserve à la spéciale félidé.

Mézigue sur le mode vocifératoire en leur balançant des trucs et des machins à la figure :

– Descendez de là tout de suite ! Je vous conseille de ne pas grimper à cet arbre !

La méthode porte ses légumes. Père et fils matou cessent leur manège et s'allongent sur une branche en me miaulant à tue-caboche. Une légère escale au rayon bouchonnage de postérieur et ils reprennent illico la varappe d'arbre à quatre pattounes en même temps.

Sur ce, j'esgourde au loin un moteur de motocycle se rapprochant dangereusement. C'est lui ! Scooterino à dos de scooter ! Dans la venelle en bas de la mienne, se dirigeant vers ma cambuse ! Ouaouh ! Je me demande si le Transalpin a eu blizzard de ma performance macduffienne. Tais-toi, tais-toi, tais-toi.

Oh, Notre Seigneur, comment procéder à la descente du végétal sans me faire remarquer ? De toutes les manières, j'ai le popotin coincé. Trop génial. Et je ne me suis pas passé la lippe au rouge. Oh *le caca, caca, caca !* Que faire ?

Si ça se trouve, il me rend la visite en poteau.

Sur ces entre-fêtes, Scooterino passe au bas de ma venelle sans s'arrêter.

Forcément.

Telle est ma vie.

14 h 30 Journée *le trop top.* Authentiquement top de bout en bout. Retour à la case égouttoir de l'amour, mâtiné dégustation de gaufrettes fourrées à l'affliction. Et, en prime, popotin coincé dans un arbre.

Quatre minutes après Je me suis désincarcéré l'arrière-train, mais je me demande s'il n'y a pas ecchymose sur zone.

Remontage de l'allée du jardin à la mode *le très bizarre*

Pas impossible que j'aie le derrière en inflation.

Cinq minutes après Framboise sur l'éclair au café, les minous sont scotchés dans le pin des Porte-à-Côté. En sommet. Les félidés oscillent dangereusement en branches supérieures, le miaou en surnombre et le frisson dévalant l'échine.

Je fonce en cambuse supplier mon Vati d'intervenir.

Mézigue :

– Si ça se trouve, les matous vont tomber et conséquemment, décéder.

Mon géniteur :

– Tant mieux.

18 h 00 Au bout du compte, les pompiers sont prévenus par coup de bigo interposé. Je doute que vous n'ayez jamais assisté à spectacle plus confondant que celui offert par ma Mutti. C'est tout juste si elle ne bave pas quand les « garçons », tel est le sobriquet dont elle affuble les soldats du feu, sortent leur échelle. Elle glousse à tout va et ne cesse de sortir des inepties, style :

– Il faut des biscotos pour porter ces gros tuyaux.

Je lui décoche le zieutage zieutant. Mais elle fait comme si de couic n'était.

Pour finir, la mère de famille grelotte par accident ses copines d'aérobic qui rappliquent bidon à terre pour reluquer les « garçons », en pouffant tel le dinosaure pouffant. Chope de honte remplie à ras bord.

18 h 25 Ben, le nouveau copain pompier de Mutti, monte l'échelle jusqu'au dernier degré dans le dessein de ramener les minous en sécurité. Il tend à bout de mimine un truc genre filet quand les félidés père et fils cessent de trembloter et d'ululer, et redescendent joyeusement le végétal quatre à quatre avant de disparaître dans la broussaille.

Je n'en crois pas mes esgourdes.

Les minous ne sont ni plus ni moins que Satan incarné en falzar velu.

Ils se sont payé la bobine des pompiers.

Lundi 11 juillet

Jas est déjà en route pour le Stalag 14 quand j'arrive à sa grille.

Rassemblement

Et elle se positionne à l'autre bout du Top Gang et non à sa place habituelle, en proche vicinalité de mézigue.

Combien de temps compte-t-elle poursuivre cette politique ?

On est quasi en marathon de battage froid.

Cours de *le Bel France*

Je me colle très près de sa personne, mais elle écarte sa chaise de plus en plus loin de mézigue, jusqu'à se retrouver sur les genoux d'Ellen.

Gym

Bibi à Miss Frangette :

– J'adore ton couvre-fesses du jour, Jas.

Et je vous ferai dégoiser qu'elle est toujours en mode culotte chiffonnée.

En QG du Top Gang

Les potesses ne m'ont pas lâchée de la journée au chapitre « fais risette et le monde te rendra la pareille ». Elles veulent assister au concert des Stiff Dylans samedi prochain et prétendent ne pas pouvoir y aller si je n'en suis pas, en raison du « une pour toutes et toutes pour une ». Sans compter que Rosie souhaite profiter de l'occasion pour répéter son mariage lapon. Elle a dans le dessein de se mettre sur son trente-six et d'expérimenter la danse du bison viking. Elle est déjà en possession des confettis mais, *quelque dommage*, pas des cuves.

Les potesses tentent la corruption à mon envers à coups de crackers au fromage. *Le trop lamentable.*

Quand je dis « les potesses », le terme ne recouvre pas Jas qui persiste à me fouetter glacé. Elle bat ce faisant le record du monde toutes catégories de froid. Quatre jours.

Bibi à l'enfrangée :

– Comptes-tu m'éviter d'une main de zinc jusqu'à trépas ?

Pas de réponse.

Roro en boucle sur son sujet :

– Allez, Gee. S'il te plaît. Viens au concert, je t'en supplie, supplie, plie et contre-plie. Ne gâche pas mon grand jour. On ne se marie qu'une fois dans sa vie à un Viking doublé siphonné pur beurre. Et, de toutes les manières, qu'est-ce que tu ferais à la place ? Tu chouinerais. Point et virgule.

Jools :

– Si ça se trouve, il y aura du gus de qualité.

Mézigue :

– Persil bien, Scooterino voudra être mon poteau et Dave la Marrade viendra en compagnie de sa stupide antiquité d'Emma et…

Oh, oh. Ellen embraye aussi mouillé :

– Qu'est-ce que tu entends par la Marrade sera avec Emma ? Comment se fait-il que… euh… ça t'embête ? Est-ce que… euh…

L'enfrangée :

– *Le positif.* Pourquoi évoques-tu la Marrade ?

Je chois illico sur mes rotules *mit* ces mots :

– Jas parle. C'est un miracle, elle est en capacité de parole ! ! ! Le Très-Haut lui a rendu la parlote.

Hahahahahahah. Miss Culotte-Méga-Couvrante ne peut plus revenir en arrière. Elle m'a posé la question. Elle a brisé son vœu de battage glacé. J'ai gagné ! J'ai gagné ! ! ! ! (Et détourné Ellen de l'affaire Dave la Marrade.)

Nonobstant, j'ai le triomphe en modestie.

– Je t'aime, Jasounette, et je te demande le pardon pour l'incident fossétal. Mais je te ferai dégoiser que tu te montrais *sehr sehr le horripilante*, ma petite potesse.

Miss Frangette continue de promener son renaud, mais elle est méga dégoûtée de ne pas me parler.

13 h 30 Si ça se trouve, je me rendrai au concert des Stiff Dylans. Mais si tel est le cas, le Top Gang sera en obligation de veiller sur ma personne tel le canidé de garde. Je préviens la cantonade :

– Si vous me laissez choir pour aller en séance bécots, je rends ma carte du Top Gang sur-le-pré.

Roro :

– Ce sera une soirée bourrée de magnificence. Nous porterons nos cornes en précoce libération et montrerons au monde la vitalité de la romance.

Mézigue :

– Euh… à mon avis, on devrait faire l'impasse sur les cornes. Qu'est-ce que tu dirais de les garder pour un usage plus perso…

Rosie :

– N'es-tu pas en fiertitude de porter tes cornes ?

– Si, bien sûr, mais…

Roro approche sa figure dangereusement près de la mienne et me crie ceci :

– COOOOOOOOOOOOOOOOORNE ! !

Oh, Notre Seigneur.

Le Top Gang dans son intégralité prononce le vœu solennel et exécute *fissa* un « tout schuss sur le disco viking » *mit* cornes. Le renifle pif tourné vers les cieux de Miss Frangette est intégré officiellement. La potesse ne se tient plus de joyeuseté.

Nous sommes au final qui signifie rassemblement des ballerines et chute sur rotules accompagnée d'un « coooooooooooooooooorne ! ! » vociférant, quand Lindsay la Nouillasse, de garde au rayon évacuation des populations, rapplique. Elle a la rallonge capillaire qui croît. Hum, *le trop séduisant.* Non pas. L'Effrontée nous reluque. Nous lui rendons la pareille. Je jure qu'elle a la guibole en rétrécissement. Si ça se trouve, elle est en régime amincissant spécial guibole.

La Nouillasse :

– Relevez-vous, espèces d'idiotes. Vous êtes une honte, toutes autant que vous êtes.

Charmant, non ?

Nazi junior ne nous lâche pas des mirettes tandis qu'on se trisse. Votre serviteuse étant en fin de file, elle en profite pour me chuchoter sur le mode chuchotant ce que voilà :

– Je suis au courant de tes manigances. Pauvre fille bête à pleurer.

Nom d'un pâtisson à tiroirs ! C'était donc de mézigue qu'elle parlait.

Germain

Je fais passer le mot à Rosie : « Et une supposition que la Nouillasse fréquente toujours Scooterino ? Possible, vu son manque notoire de fiertitude. Et une supposition qu'elle soit avec sézigue au concert des Stiff Dylans ? Une certitude que je ne puisse manutentionner la situation. »

Réponse de Roro : « Une pour toutes et toutes pour une. En cas de rapprochement inter-Scooterino/la Nouillasse, nous élaborerons une stratégie, mais j'en doute. Le Transalpin a certifié qu'il ne voulait pas de relation sérieuse *mit* quelqu'une. Sans compter que: Cooooooooooooooooorne!!!!! »

Qu'entend-elle par là ?
Convient-il d'aller au concert ou *le négatif ?*

En retour à la cambuse

Miss Frangette et bibi sont retournées meilleures potesses. Jas est toujours en mode délire à base de découverte de profondeurs insoupçonnées concernant sa personne par l'entremise de son rôle de Lady MacFesse et Roro s'entraîne au rototto, quand nous avisons les petites mouflettes sauteuses à cloche-peton devant nozigue.

Arrivée à leur hauteur, je sors à Rouquinette :

– Mais qu'est-ce que vous faites ?

La lardonne, couleur betterave *mit* respiration asthmatiforme :

– Euh... On saute à cloche-pied, mademoiselle.

Mademoiselle ?

Mézigue :

– Je vois bien, mais pourquoi ?

– Je ne sais pas.

À quel niveau classer les bambines sur l'échelle de la démencitude ?

Roro en décochage d'œillade aux pitchounes :

– Je me demande si elles ne seraient pas en parenté *mit* Sven.

Mercredi 13 juillet

Toujours dans l'incapacité de décider si je me rends ou non au concert.

Mon retour en amitié *mit* Jasounette me met en joyeuseté. La potesse me fait le présent de deux berlingots et d'un roulé à la confiture. Ce qui, je l'avoue sans ambages, est choupi. Même si l'enfrangée se montre *sehr sehr* irritante, je l'apprécie beaucoup.

16 h 10 Retour en cambuse seulabre. Pour le moins inusité. Jas est partie faire des courses avec son Craquos et le reste du Top Gang est en réjouissance achat de maquillage en ville. Je ne me sentais pas d'humeur. Pas trace de la Marrade ni de ses poteaux, non plus.

Je vous confirme mon blaze : Georgia Dé-potée.

Telle est la dure vie de la fille domiciliée chez la marchande de gaufrettes fourrées à l'affliction… Ne sont-ce point les petites sauteuses à cloche-peton que j'avise encore ? Impossible.

Une minute après Nonobstant, possible. Elles foncent telles les givrées uniguibolistes dans le parc.

Une minute après Et qui vois-je ? Mark Grosse-Bouche et ses Tas de Saindoux. Que font les petites poupées dans leur vicinalité ? J'espère du fond du battant qu'elles ne prennent pas de leçon de bécot. Beurk à la puissance beurk. Si Surdéveloppé du Groin en bécote une, il risque de l'avaler toute crue. Je connais le penchant de Grosse-Bouche pour les filles naines, mais il y a des limites.

C'est quoi, ce trafic ?

Les choupettes tendent quelque chose à Mark, sans cesser de sauter à cloche-peton.

Une minute après Les Tas de Saindoux se fendent la pomme et tirent sur leurs clopes en zieutant les bambines repartir sur une patte.

Trois minutes après Je rattrape les kangourettes gisant dans l'herbe derrière un buisson.

Mézigue :

– Qu'est-ce que vous faites ?

Rouquinette :

– Rien. On se repose.

Non-Rouquinette :

– Parce qu'on est fatiguées de sauter à cloche-pied.

Bibi :

– Je vois ça. La question est POURQUOI ? Seriez-vous faibles d'esprit ? Et que fabriquez-vous avec Mark et ses poteaux ?

Les choupettes tournent illico plus cramoisies que l'écrevisse en congrès d'écrevisses.

Une demi-heure après Le fin mot de l'histoire est qu'elles sont torturées par Mark Grosse-Bouche et consœurs. La bande de Saindoux oblige les bambines à lui reverser argent de manger et de poche. En cas de disette des gnardes, ils les forcent à rentrer en cambuse à cloche-peton. Et comme ils surgissent devant icelles par surprise à tout bout de pré, les mouflettes ne savent jamais quand cesser de cloche-petonner.

Non mais qu'est-ce qui leur prend au juste, à Grosse-Bouche et ses sbires ? Ils n'ont couic de mieux à faire ? Je croyais ne jamais venir le jour où je dirais qu'ils sont pires que les sœurs Craignos au sommet de leur carrière martyrisante.

En paddock

Je ne cesse de cogiter aux deux kangourettes décérébrées.

Minuit Une supposition que ce soit Libby qui fût à leur place ?

0 h 10 On peut toujours rêver. Je donnerais cher pour rencontrer l'individu qui obligera ma sœurette à faire quoi que ce soit.

0 h 15 Le problème, c'est que les petites moufflettes sont des courges pleurnicheuses.

0 h 30 Nom d'une échalote sédentaire. Dans l'obligation de venir à leur secours, je suis.

Jeudi 14 juillet

Je repère les choupettes à la récré et leur tiens ce langage :

– Votre cauchemar de cloche-peton est derrière vozigue.

En parc

16 h 30 Grosse-Bouche et affiliés font les rustres sous les végétaux en attendant leurs victimes kangourettes. Planquées derrière un buisson, icelles me zieutent aller au-devant des Tas de Saindoux.

17 h 00 J'attends que l'ensemble des gorets cesse de loucher sur mes nunga-nungas et m'adresse direct à Oscar :

– Écoute, Perverso. Je vais aller trouver ta maman et lui dire que tu fumes. Et par voie de conséquence, tu vireras Perverso décédé.

Le reste des gras-doubles ricane, mais je leur sors aussi mouillé :

– Si vous ne faites pas marche arrière, je raconte dans tout le bahut que vous êtes sujets à la verrue purulente. Plus une fille ne voudra vous bécoter. Je vous en fiche mon biffeton.

17 h 30 Les choupettes me suivent jusqu'à mon chez-moi en me submergeant de :

– Merci, Georgia. Dis, tu veux un berlingot, Georgia ? Lesquels tu aimes ? C'est quoi ton groupe préféré ?

Nom d'un cèpe en rupture de ban.

Je n'ai nulle envie de microscopiques copines kangourettes.

19 h 00 Toujours pas décidée sur le bien-fondé de me rendre au concert.

J'ai comme qui dégoiserait l'impression de n'avoir bécoté personne depuis des lustres.

Souhaitez-vous en connaître la raison ? La raison en est que c'est la réalité réelle.

Le dernier bécot remonte à la Marrade chez Katie. Et encore, il s'agissait d'un *bécotus interruptus.* Il y a deux semaines !

Selon mes critères perso, qui remporte la palme du bécot, Scooterino ou la Marrade ?

Le Transalpin, évidemment. Il n'est pas Sublimo pour couic. Sans compter qu'il use du bécot de cou, une technique plus que crousti. Rien que d'y penser, j'ai la guibole de poulpe.

Et je ne vous parle pas du cervelet.

19 h 40 De l'autre fémur, la Marrade est le roi du lordillon de mèvres.

Je me demande si la gent masculine dispose d'une échelle de Richter des choses qu'elle fait avec les filles.

Je vais m'en enquérir auprès de la Marrade.

Le négatif, mieux vaut s'abstenir. Je ne sais par quelle entremise, mais l'expert connaît mes pensées. Subséquemment, il percuterait illico qu'il est concerné par ma question.

Vendredi 15 juillet

10 h 00 En passant devant le QG de la Mère Fil-de-Fer, j'avise notre photo de classe affichée au mur. Je fais illico halte dans le dessein de vérifier si le grain de beautitude sublabial dessiné par l'ensemble du Top Gang en l'honneur du cliché est visible à la mirette nue.

Une minute après Hahahaha. *Le positif.* Il convient de zieuter attentivement, mais il est là. La révolution commence ici ! ! ! ! ! ! ! ! Vu l'affaire pif de goret de l'an dernier, je veux parler du déluge de blâmes et de sermons épicés qu'avait entraîné notre blague désopilante de petits pifs porcins confectionnés dans des bouts de boîtes d'œufs, lc Top Gang a opté cette année pour la subtilitude. Résultat des courses, la photo est au mur et nul n'a couic remarqué !

Une minute après Non mais les tronches de nases des terminale. J'en veux pour preuve le cardigan lamentable de Monica la Trop Consternante. Pile en vicinalité de Miss Pieuvre des Campagnes doublée postérieur atrophié, j'ai nommé Lindsay la Nouillasse. Et qu'avise-je ? Quelqu'une a dessiné à la Nouillasse une petite moustache d'Hitler sur la lippe supérieure ! ! ! Ni plus ni moins que la paluche *le riante* de Notre Seigneur.

La chose me propulse en totale joyeuseté doublée fermentation.

C'est un signe. Du cosmos !

En dej'

Je narre l'épisode photo au Top Gang qui embraye aussi humide sur un « tout schuss sur le disco viking » victorieux.

Roro à la cantonade :

– Àllons jeter une mirette.

Mézigue :

– *Le négatif.* Il convient d'agir en décontracture. Si on y va en tas de potesses, quelqu'une nous verra et en moins de trois, le didi de la honte pointera sur nozigue. Même si, *quelque dommage*, nous ne sommes pas coupables.

Ellen :

– Je me demande qui l'a fait ?

Jools :

– Qui hait la Nouillasse de haine pure ?

Bibi :

– Non, Jools, la question est : qui NE LA HAIT PAS de haine pure ?

Retour en cambuse

Le Top Gang dans son intégralité a pu constater *de visu* que la Nouillasse faisait officiellement partie des jeunesses hitlériennes.

Mézigue :

– Une supposition que la Mère Stamp découvre la moustache de l'effrontée, une certitude de coup de foudre.

17 h 00 En tournant le coin de la venelle d'en bas pour prendre la mienne, j'avise deux petites caboches bondissantes derrière mézigue. Les kangourettes ! Nom d'un crosne alangui. Voilà que je suis également poteau de petites sixième. N'empêche, je mets le frein à paluche pour les attendre.

Rouquinette :

– Tu l'as trouvée rigolote, la moustache de Lindsay la Nouillasse ?

Je décoche l'œillade aux bambines qui affichent un fort taux de fiertitude d'elles-mêmes.

Mézigue :

– J'ai adoré. Mais comment vous savez ?

Les ex-kangourettes gloussent :

– On l'a fait pour toi, mademoiselle.

Nom d'une lentille échevelée. Les gosses aiment ma personne et pensent que je les ai sauvées. À leurs mirettes, j'ai viré Superman métissé Jésus. Quoique Notre Seigneur fils porte peu le collant.

Samedi 16 juillet

11 h 00 Miss Frangette au bigo en pleine frénésie culottale :

– Gee. Ooooooooooooooooooooooohhhhhhhhhhh.

– Quoi ? Quoi ?

– C'est trop chouette ! ! ! !

– Tu as découvert une nouvelle marque de limace ?

– *Le négatif.*

– Un nouveau couvre-fesses qui fait le cou dans sa couvrance ?

– *Le négatif*... Ooooooooooh, si seulement je pouvais te le dire.

– Arrête-moi si je me goure, tu me grelottes pour me raconter un truc que tu ne peux pas me raconter ?

– C'est ça ! ! ! ! ! ! ! ! ! !

– Dans ce cas, arrosoir. Et persil.

Et raccrochage de combiné.

Jas au bigo

Trente seconde après – Je te dis juste quelque chose.

Poireautation. Quelle tensionitude. Non pas. À tous les ramponneaux, la nouvelle concerne sa vie ô combien tartante. Si elle me déclare que son Craquos et sézigue ont l'intention de faire noce conjointe *mit* Rosie et Sven, il n'est pas impossible que j'égare à jamais le peu d'esprit qui me reste en stock. Je mettrais ma pogne au lance-flammes qu'elle va vouloir des épousailles de la forêt. Les invités devront se déguiser en elfe *und* se blottir sur de la brindille *und*...

L'enfrangée divague toujours :

– Tom a dit comme ça que, si tu venais ce soir au concert, tu serais bonne pour la surprise du chef.

– Pourquoi ? Le concert est annulé ?

– Noooooooooooooon... Ooooooooooh, si seulement je pouvais parler, mais j'ai promis. Oh, c'est trop... Bon, bref, de toutes les manières, tu es obligée de venir maintenant, d'accord ? S'il te plaît, viens.

– Ma petite Jasounette, répète après mézigue : « Je t'en supplie, viens. Je t'aime, tu es ma meilleure potesse. »

Silence.

Bibi :

– Tu ne veux pas que je vienne ?

– Euh… Bon… Je t’en supplie, viens. Je t’aime, tu es ma meilleure potesse.

– Je vais cogiter à la question. À plus.

Yessssssssssssssssssssssssss ! J’ai gagné. Hahahahahaha. Jasounette Spasmounette a été obligée de me dire qu’elle m’aiiiiiiiiiiiiiimait.

Cette fois, pas question d’y aller.

15 h 00 Revirement au chapitre décision : j’y vais. En partie dans le dessein de fuir la cambuse pour cause de visite de mon Grand-Vati. Et en deuxième partie en raison d’un chouia d’intérêt pour les révélations que Craquos pourrait me faire. Si Jas seulabre insistait pour que je me déplace, je serais en proie à de la suspicion car son idée du « chouette » et du « top » diffère sensiblement de la mienne. Mais Tom n’est pas entièrement dément pour un garçon, dans l’ensemble.

16 h 00 Je me demande de quoi il s’agit ? Et une supposition qu’il se soit entretenu *mit* Scooterino ? Si j’ai bonne souvenance, Craquos avait promis d’essayer d’enquêter pour le compte de mézigue. Le Transalpin lui a peut-être déclaré que le coup du poteau était une erreur de gros calibre.

17 h 00 Quelle vêture convient-il de revêtir pour l’occase ?

18 h 30 Mon Grand-Vati se pointe à la cambuse en tenue « décontractée ». Je pose la question. Est-il normal qu’un tricentenaire baguenaude en habit fantaisie à motif loch-ness-et-monstre-du ? *Mit* casquette assortie ? Et fard à bajoues ?

Je descends lui passer le bonjour en dépit d'un débordement de mézigue au rayon recherche de vêtement de concert. L'ancêtre est en plein jeté en l'air de Libby. Je lui passe l'agitation de paluche et il me renvoie la pareille *mit* risette. Il n'a pas ses quenottes.

Mézigue à Mutti :

– Mon vénérable grand-père a mis du blush.

La mère de famille lève les yeux au firmament avec ce commentaire :

– Ne me lance surtout pas sur le sujet. Quand je pense qu'on dit des femmes qu'elles traversent une période curieuse en vieillissant, ce sont des saintes comparées aux hommes. Ton Grand-Vati vient de m'annoncer qu'il se mettait au ski nautique.

– Compte-t-il endosser la combi de plongée ?

– Je le crains.

Nom d'un cardon prolixe.

Après que mon Grand-Vati me file, comme d'us, la pièce de dix pence pour « m'acheter un petit cadeau » (tel que quoi ? Un demi-timbre), je remonte dans mon boudoir.

J'ai forcément en magasin la tenue qui rendra Scooterino dingue de ne pas être mon poteau.

19 h 00 Enfin prête. Au bout du compte, j'opte pour la jupe plissée *mit* bottes *mit* cache-battant. Je descends tel le Sioux, dans le but de m'esquiver sans passer par la case questionnaire nazi de mon Vati, mais *quelque dommage*, icelui sort à l'instant de la cuisine où il faisait le plein de tartelettes.

L'homme me dévisage de la caboche aux nougats.

– Je crains, Gee, que tu aies oublié de mettre une jupe.

Sehr sehr le riant.

Sur ces entre-fêtes, Mutti sort à son tour de la cuisine munie d'un Mini-Bigleux en débat. Elle exécute un lancer de matou en jardin et claque la lourde avec virulence. Le félidé hurle au trépas en se projetant contre l'huis. Mais la mère de famille pénètre en salon sur ces mots :

– Libby, je ne veux plus que tu mettes Gordy dans le frigo.

– Gordy adore.

– Je sais. Mais il était couché sur le beurre. C'est dégoûtant.

Pendant ce temps-là, mon géniteur continue de délirer :

– Tu es au courant, Connie ? Regarde comment ta fille compte sortir. Encore un peu et on voit ce qu'elle a mangé pour le thé.

Quel est ce délire ? Et par ailleurs, permettez-moi de me gausser quant aux denrées supposées accompagner mon thé. Je n'en ai pas ingéré. La cambuse ne dispose pas de provisions nourrissantes.

Mutti :

– Oh, bon sang, Bob, c'est la mode. Toutes les filles ressemblent à des cruches. Pas uniquement Georgia.

Persil du soutien en provenance d'une femme qui porte un haut lauréat du concours de serrage maxi. À tel point que ses nunga-nungas lui font, comme qui dégoiserait, deux abattis en rabe. Mais je ne moufte pas pour causc d'occase de se trisser se profilant à l'horizon par l'entremise de leur crêpage de chignon sur fond de mode et ainsi de suite.

Vati en boucle :

– Alors ça ne te pose pas de problème qu'elle ait l'air d'une prostituée, sous prétexte que c'est la mode ? À ce compte-là, si les bikinis en cuir étaient au goût du jour, tu ne verrais pas d'inconvénient à ce que ta fille sorte avec ?

Mutti :

– Ne dis pas de bêtises, Bob. Les bikinis en cuir ne seront jamais à la mode.

Grand-Vati :

– Les bikinis en cuir pas à la mode ? Dis ça à Maisie et aux autres *pin-up* de la maison de retraite !

Pas question que cette image pénètre dans mon cerveau. Au chapitre bonus, la déclaration de l'ancêtre renverse mon géniteur en *le si grandes proportions* que je peux filer à la germaine.

À la grosse horloge

L'espace d'une minute, j'avais oublié mon degré de nerf. Je mettrais mon cigare au coupe-cigare que je suis au bord de l'attaque de battant. J'ai le muscle cardiaque qui fait des embardées et se tape le sprint des familles. Obligation de reprendre les rênes. Cette soirée consacrera le *nec* moins *ultra* du test de glaciosité.

Jas, Ellen, Mabs et Jools poireautent sous la toquante géante. La cantonade échange le salut Klingon de rigueur. Miss Frangette se montre particulièrement horripilante à mon envers. Elle n'arrête pas de me filer l'accolade en répétant à l'envi :

– Oooooooooooooooooooh, je suis troooooooooooop excitée.

Si sa fermentation a le moindre rapport avec un quelconque spécimen de faune, je me verrai dans l'obligation de la mettre hors d'état de nuire purement *und* simplement *und* calmement. Un crochet du droit au citron devrait faire l'affaire.

En partance pour le concert, je questionne mon entourage de la sorte :

– Où sont Roro et Sven ?

Mabs :

– Les futurs ont bigophoné pour dire qu'ils nous retrouvaient sur place.

Un quart d'heure après Je sens que chaque pas me rapproche de mon destin. De toutes les manières, je me demande ce que j'espère. Scooterino m'a déclaré qu'il me voulait pour poteau. Point final. Si ça se trouve, je croiserai peut-être un garçon qui me bottera. Ben voyons, n'importe quoi.

En QG de la tartine

Comble de l'ironie, j'ai pour une fois la perruque regroupée, doublée d'une absence notable de pustulette en germination. Je précise que j'ai fait l'impasse sur l'attrape-garçons. Au départ, j'avais dans le projet de rouler Notre Seigneur en doublette. Je me suis dit que je ne revêtirais pas l'attrape-garçons au cas où il y aurait séance bécot, qui entraînerait la mise de guingois de l'attrape-garçons avec des conséquences catastrophiques. Mais par la suite, je me suis dit qu'il fallait l'attrape-garçons parce qu'il sous-jaçait que je n'envisageais pas de séance bécot. Notre Seigneur s'émouvrait alors de la situation et me fournirait illico de quoi bécoter. Mais après, je me suis dit qu'Il connaissait nos pensées, y compris celles qui nous habitaient pendant nos escales aux guoguenots, et comprendrait illico que je tentais le double bluff sur Sa personne. Conclusion, au bout du compte tout dépend de l'humeur du Très-Haut. Je vais suggérer à Appelez-Moi-Arnold de glisser mes considérations dans son sermon s'il est en volonté de déprimer ses ouailles. Tout ça pour dégoiser que, en humeur répressive, Notre Seigneur réprimera à gorge déployée et en humeur allègre, Il en aura couic à battre de ce que je mets.

Pour finir, je me suis trouvée dans l'impossibilité de positionner l'attrape-garçons en ligne droite et me suis filé un coup de brosse emmascarée dans le globe oculaire. Ce qui signa mon trop-plein perso au rayon accessoire à cils.

N'empêche, mascara, je finis par tartiner au poil en couches multiples et je vous ferai dire que mon rouge est *le extra.* Il fait la lippe plus pulpeuse que le pulpe et ainsi de suite. Je suis en pleine vérif de ma personne, la risette à la boutonnière et l'air sûre de mézigue, quand l'enfrangée émerge d'un goguenot avec ces mots :

– Tu peux m'expliquer pourquoi tu imites le poisson rouge ? Serais-tu partie à la pêche aux compliments ? Voudrais-tu prendre quelqu'un dans tes filets ?

Sur ces entre-fêtes, elle sort du QG de la tartine en caquetant à tout va. Je crains que la potesse ne se croie *le très riante.* Sans compter qu'elle m'a repassé son accolade *le bizarre*, agrémentée d'un « Rrrrrrrrrr ».

Pourquoi ?

20 h 30 Les Stiff Dylans seront sur scène dans une minute. Je suis de garde au rayon service pipi et Cie toutes les deux secondes.

20 h 35 La boîte est pleine tel l'œuf. Pas de Dave la Marrade à l'horizon ni confrères. Si ça se trouve, ils ne viendront pas. Pas trace du « couple » béat. Ni de Lindsay la Nouillasse.

Mézigue à Jas :

– Oh, Notre Seigneur, Lindsay la Nouillasse n'est point visible. J'espère qu'elle n'a pas culbuté derrière une grille en chemin. Quel drame atroce. Non pas.

20 h 40 Ellen :

– Regardez, voilà Dave. Il est craquant,

non ? Il… Il me semble qu'il est tout seul. Quelqu'un voit Emma ? Pas moi, et vous ? Vous la voyez ?

À cette micheline-là, Ellen va rejoindre Jas plus vite que le mistral sur ma liste d'individus à occire.

Deux minutes après Arrivée de Craquos. Dès qu'il avise Jasounette, il érige son pouce et elle lui rend la pareille. Plus nul, tu décèdes. Ils se sont vus, il y a une heure ! C'est *le trop lamentable.* Et plutôt chou lorsqu'on a viré vieille tante moustachue des familles. Je suppute que je devrais me réjouir pour euxzigue. D'ailleurs, je n'y manque pas, pour de vrai. Mais une supposition que l'enfrangée me repasse l'accolade, une certitude que je la flanque par terre.

Les Stiff Dylans sur scène

À la vision de Scooterino déboulant, j'ai le bidon qui fait des huit. Le Transalpin est tout simplement sublime. En fait, j'ignore pourquoi j'ai subodoré qu'il en pincerait pour mézigue. Il émarge à l'évidence au dix sur dix et, comme Jas me l'a si gentiment rappelé, je me suis chopé un couic au chapitre pif. Pour tout dégoiser, ma moyenne en traits de face est de six et demi. Or les six et demi ne sortent pas avec des dix, telle est la loi de la junglc bécotale.

Une demi-heure après Les Stiff Dylans assurent à décès. Ils ne sont ni plus ni moins que l'ambiance incarnée.

Je n'ignore pas mon échouage sur l'égouttoir de l'amuuuuuuuuur et ainsi de suite, mais la musique est trop bonne pour ne pas égarer illico les pédales. Le Top Gang régale l'assistance de son célèbre « tout schuss sur le disco ». Nonobstant sans Rosie ni Sven. Je me demande où les tourtereaux sont passés. Si ça se trouve, ils se bécotent chez la marchande de frites. J'aimerais qu'ils soient là.

Une demi-heure après Toujours en piste de danse, exhibant joie de vivre *und* savoir-faire aux mirettes de Scooterino.

Je bous telle la marmite, mais je m'en bats la mirette avec une patte de blatte. Le rougeaud de la bonne mine ne peut nuire au charme de la fille.

Miss Frangette :

– La génisse, Gee ! Tu es cramoisie. On croirait que tu as fait un plongeon dans une friteuse.

Le trop bien. Je décolle telle la fusée pour le QG de la tartine afin de procéder à une séance humectation et bouchonnage réunis.

De retour en boîte

Cinq minutes après La Marrade, Rollo et Tom se joignent à notre semi « tout schuss sur le disco viking ». Mais décorné car les cornes sont sous la responsabilité de Rosie. La Marrade agrémente la gigue de quelques inventions perso. Nonobstant, j'avoue une certaine surprise de son bondissement de saumon dans mes abattis. Je supporte vaillamment le poids quelques secondes avant qu'il ne fasse bond arrière. La Marrade a un fort pouvoir hilarogène sur ma personne. Nous poussons la capsule jusqu'à tout schusser sur le disco, abattis dessus, abattis dessous. Après quoi, il tire sa révérence *mit* cette vocifération à mézigue :

– Direction service pipi et Cie et je fais *fissa* !

Je me plais à cogiter que Scooterino me zieutait

avec admiration tandis que nous faisions nos numéros *dance* devant la scène. À moins qu'il se dégoisât : « Mon nouveau poteau a viré givré. »

Mais je refuse d'être en tristessitude.

Pour ne rien vous cacher, Scooterino me décochait la risette en *le grande quantité* quand il croisait mon zieutage. Mais je ne suis pas demeurée au point de croire qu'il y a du sens là-dessous.

Bibi à Jas :

– Tu crois que Scooterino me reluquait ?

– Oublie le Transalpin. C'est de l'histoire ancienne. Persil.

22 h 45 Je danse gentiment en marche arrière quand un individu non identifié me file le coup de latte de première méchanceté. Grogne-grogne. Et aïe par le fait. Je me retourne tel le seul homme et qui découvré-je ? Lindsay la Nouillasse et Monica la Trop Consternante. Elles ont dû se faufiler pendant que j'avais l'échine tournée. Les deux affreuses dansent en merdicité *mit* d'autres copines originaires de Merdicité-Ville.

Mézigue à la Nouillasse :

– Loch !

La voilà qui rapplique aussi sec avec un sourire proprement terrifiant aux babines et me dit ceci :

– Oh, mon Dieu. Tu t'es cognée à mon pied en dansant.

Sur ces entre-fêtes, elle fait un signe de paluche à Scooterino qui, Dieu que c'est agaçant, lui rend un hochement du chef *mit* risette.

Jas à ma personne :

– C'est dingue ce qu'elle te hait. Tu es plus décédée que la décédée dans une boutique de décédées.

Champagne ! Et méga persil. Hourra ! Encore deux

ans en joyeuseté au Stalag 14 en compagnie d'un phasme atteint de sadicité me haïssant. J'aurai de la chance si je termine ma scolarité munie de mes abattis.

Cinq minutes après Les Stiff Dylans sont en pause.

Et mézigue en totale confusion quant à la façon de manutentionner la situation. Je ne peux me contenter de faire la fille collante quand Scooterino fera son apparition. J'ai trouvé ! Je vais aller m'entretenir avec la Marrade, ce sera sympa et me permettra dans le même temps de m'éloigner de Craquos *und* Jasounette qui m'ont tout l'air d'avoir égaré la raison. Ils ne cessent de me zieuter et de se blottir l'un contre l'autre en s'esclaffant tels les tritons excités. Toujours pas signe de Roro et de Sven.

Je fonce vers le bar où la Marrade se trouvait dernièrement. Il y est toujours, alangui contre, en train de tchatcher avec ses poteaux. Parfait. Je suis en partance pour aller lui tailler une bavette quand Emma surgit. La Marrade me tournant l'échine, il ne me voit pas. Emma approche de sézigue et lui dépose le poutou sur la joue. Et là, devant tout un chacun, la Marrade la prend dans ses abattis et la bécote en authenticité. Aucune ambiguïté possible. Pas le poutou de joue, non, mais le lippe-lippe contact maxi. Je suis à quinze didis de dégobiller. À l'issue de ce bécot interminable, la Marrade lui passe l'abattis autour de la taille et lui offre un verre. Tels le copain et la copine officiels en règle avec la législation. Je suis sous le choc.

Et pique la volte-face, direction le QG de la tartine, quand Scooterino sort au même instant des loges. M'avisant, il me balance la risette et s'avance vers moi. Oh, Notre Seigneur, quel est l'agissement de circonstance ? Qu'est supposé faire un poteau ? Lui filer la tape sur l'épaule et le salut Klingon ? Je l'ignore, je l'ignore. Jamais je n'expérimentai d'être poteau avec un garçon auparavant.

Plus qu'une solution. Je jette une mirette à ma montre *mit* surprise de taille et me file la claque de front, style j'ai complètement oublié que j'avais rencard. Et je fonce en moins de trois au QG de la tartine.

En QG de la tartine

Je crains qu'il ne faille vous informer du pourquoi de ma surprise de taille en reluquant ma toquante. Je n'ai pas de toquante, voilà pourquoi.

Une minute après Par ailleurs, quelle sorte d'individu aurait rencard au Q G de la tartine ? Une décérébrée certifiée, telle est la réponse.

Une lamentable demeurée.

Bibi.

Une minute après Je pose séant sur un goguenot, la caboche entre les mimines. Y a-t-il pire que ce que je vis ?

Arrivée de Jas, Mabs et Ellen à ma recherche. Je leur narre les dernières nouvelles.

Jas :

– Oui, mais si ça se trouve, il va se passer quelque chose de vraiment *LE EXTRA*.

Mézigue :

– Et si ça se trouve Hitler était un quidam adorable, mais incompris.

Mabs :

– Écoute, Gee, il faut que tu saches un autre truc.

Ah, *le positif*, quoi ? J'ai déambulé toute la soirée la jupée coincée dans le couvre-fesses ?

Votre serviteuse :

– Vas-y accouche. Je ne vois pas ce qui pourrait y avoir de pire que ce qui se passe à l'heure de maintenant. Je sais. Lindsay la Nouillasse sort avec Scooterino.

Sur ces entre-fêtes, la susnommée entre dans le QG de la tartine telle la tornade, Monica la Trop Consternante dans son sillage immédiat. La Nouillasse est congestionnée et en reniflade, style comme si elle allait démarrer une chouinade. À quelque chose malheur est bon.

Non pas. Car à cet instant, elle sort ceci à la trop Consternante :

– Comment Scooterino ose-t-il se pointer avec je ne sais quelle morue italienne ? Comment ?

Puis s'avisant de notre présence, les deux immondes se trissent à l'autre bout des goguenots.

Je décoche le zieutage à Mabs.

La potesse :

– Ben voilà, maintenant, tu sais.

En boîte

Il faut que je visualise le désastre de mes propres mirettes. Je vous le narre. Scooterino est assis à une table près de la scène et il se penche en très proche vicinalité d'une des gussettes les plus dorées à l'or fin que je n'ai jamais vues de ma vie. Je ne le dis pas par plaisir, mais elle est... ravissante. Il se peut qu'elle crève même le plafond du dix pour choper le dix et demi.

La *news* a dû être relayée sur les ondes de Radio Jas car Ellen, Jools et le reste du Top Gang rappliquent sans coup férir. Pas question de chouiner.

Ellen :

– Je suis passée à côté d'eux l'air de rien. Ils parlent en mozzarella.

Un retour en cambuse s'impose.

Je jette une mirette à travers la salle *mit* l'impression que tout un chacun mesure l'étendue de la ridiculitude dans laquelle je me suis égarée. La Marrade est toujours au bar *mit* Emma. Il discute avec Rollo, un abattis passé autour de sa copine. Va savoir pourquoi mais, soudain, il se retourne et me fixe droit dans les mirettes. Puis décoche le zieutage en direction de Scooterino et de la gussette mozzarella. L'expert en rigolade glisse alors un chuchotis à l'esgourde d'Emma accompagné d'un poutou de joue. Formidable, toujours plus d'affliction.

M'esquiver, je dois.

Mézigue à Jas :

– Jasounette, je rentre. C'est trop pour bibi.

– Non, non, je t'en supplie, ne pars pas. Euh... Si ça se trouve un truc *le fabuleux* va genre survenir.

– Tel que quoi ? L'arrosage antifeu va se déclencher ?

Je n'ai pas fini ma phrase que j'avise la Nouillasse récupérant son mantelet et se dirigeant vers la sortie au galop. Ce faisant, elle longe la table de Scooterino au pas de charge, mais icelui ne la remarque même pas. Il est toujours en pleine bavette sérieuse *mit* sa copine. Décidément, cette soirée se révèle de rêve.

Votre serviteuse au Top Gang :

– Je n'ai plus souvenance de la dernière fois où je me poilai autant. Je me demande si ce n'est pas le jour où je fus transportée d'urgence à l'hosto *mit* la scarlatine. Il faut que j'y aille.

En chemin pour reprendre mon vestiaire, je tombe sur la Marrade qui me sort ceci :

– Ma Super-Coquine, que vais-je faire de toi ?

Sous son zieutage, ma mirette se remplit à ras bord de liquidité. La Marrade me prend alors dans ses abattis. Je trépasse d'envie que l'expert s'occupe de mézigue.

Mais il est en paluche avec Emma. Subséquemment, je me reprends (genre). Fourbir mes abattis d'une mimine de zinc je dois. À l'esprit, mon fier héritage nautique *und* exemple de la Barbe de l'Avon, je garde. Comme le déclarait Billy Shakespeare en période de stress : « Elle descend de la montagne à cheval. »

Je m'écarte de la Marrade quand j'esgourde une vocifération derrière mézigue :

– Coooooooooooooooorne ! Oh *jah*, Cooooooooooooooooorne ! ! ! !

En QG de la tartine

De retour à la case séant posé sur un goguenot *mit* caboche dans mimines (j'ai quasi élu domicile en ces lieux), quand je vois les cornes de Roro dépasser sous la porte.

La potesse :

– Tu peux m'expliquer pourquoi tu as pris la poudre d'Espelette ?

– Ben, tu es habituée à Sven.

– Bien vu la taupe, mais quel rapport avec qui que ce soit ?

– Ben, je fus surprise par son short velu.

De retour en boîte

La Marrade *und* confrères entourent le géant des steppes glacées, en zieutant son short *mit* admiration. Le « vêtement » n'est ni plus ni moins qu'un slip-marsupial recouvert de fourrure théâtreuse. Le Lapon a complété l'ensemble par des cornes de bison et une paire de croquenots de gendarme velus. Et, euh... ça s'arrête là.

Rosie arbore la jupe en cuir et le soutien-nunga-nungas métallique en couvercles de casserole.

Mézigue à Roro :

– Tu peux m'expliquer le pourquoi de ta pilosité sourcilière unique et surdimensionnée ?

– C'est la tenue de mariage d'épousée *la très célèbre* au pays des Vikings. Enfile tes cornes, Gee !

Et la potesse me fourre sans ménagements l'ornement sur la caboche pile au moment où Scooterino surgit devant mézigue ! ! ! !

Le Transalpin pose les mirettes sur mes cornes et après les avoir reluquées consciencieusement, me sort ceci, un rien en nervosité :

– *Scusi*, Georgia, je peux te parler ?

Génial. Primo, les cornes sur le citron. Deuzio, faire le poteau de Scooterino pendant qu'il m'affranchit au rayon nouvelle copine de sézigue.

La Marrade, en me décochant l'œillade pas éloignée du bizarre (Comment lui en vouloir ?) :

– Si tu as besoin de mézigue, je ne suis pas loin.

Puis il s'en retourne au bar.

Oh nooooooooooooon, me voilà seulabre. Ne pouvant compter que sur mon cerveau perso pour me filer le coup de paluche. Notre Seigneur, aidez-nous. Oh noooooooooon, Scooterino est trop crousti. Il a la mirette dorée *und* douce *und* fondante. Bouh ! Pas la mirette fondante, pas la mirette fondante !

Sur ces entre-fêtes, je percute que j'ai toujours la caboche encornée. Je retire mes cornes et les considère comme si c'était *la primera volta* que je les voyais.

Mézigue :

– Nom d'une endive ancestrale ! Comment sont-elles montées jusque-là ?

Et me débarrasse promptement de l'ornement.

Le Transalpin :

– Tu viens dehors avec moi pour une petite conversation ?

Le négatif. Le négatif. Pas de petite converse. Pas de poteaux conversant. *Le négatif.*

Si ça se trouve, il inclut sa copine dans le lot. Il est en volonté de me voir poteau avec elle. À ce propos, elle a disparu à l'horizon, mais peut débouler à tout moment *mit* une folle envie d'être mon « poteau ». Pas question de repasser par la case humiliation. Je vais lui répondre sans ambages : « Que nenni, je ne te suis pas dehors. »

Mais, comme de bien sûr, je l'escorte, tel le goret non sevré. Non, je me goure, tel l'agneau sacrificiel. Pas trace de la gussette mozzarella non plus. Je mettrais mon chef à la tronçonneuse qu'elle est rentrée lui préparer des pâtes pour le réconforter d'être resté avec ses poteaux à cornes de bison. Le Top Gang me suit des mirettes tandis que j'emboîte le pas au Sublimo. Les autres filles me fusillent du zieutage. Pas la peine, les filles, vous n'avez aucune raison de vous en faire.

La nuit est ravissante. Farpait, toutes les étoiles sont de sortie pour assister au dernier épisode du feuilleton *Georgia est une courge.*

Scooterino se cale l'échine contre un mur et me décoche l'œillade. Je t'en supplie ne me reluque pas de la sorte, tu me brises le battant.

Sézigue :

– Je peux expliquer choses ? Gina est venue d'Italie. Elle est... était ma copine dont je t'ai parlé. Celle avec qui l'amour était sérieux. Et ensuite, on a rompu et je... je t'ai dit : sérieux fini.

Le positif, le positif, je connais l'adresse de cette marchande de gaufrettes fourrées à l'affliction par battant. Que dire ? Peut-être est-ce l'occasion de réviser mes compétences potesques. Respiration d'envergure, relâchement et poteautitude à tous les étages.

Bibi :

– Tu connais les résultats de foot de cet aprèm' ?

Scooterino me zieute comme si j'étais atteinte de givre aggravé.

Ce que je suis.

Puis l'hilaritude le prend.

– Les résultats de foot, Georgia ?

Je hoche du chef *mit* intérêt.

Sézigue :

– Georgia, Gina est venue m'annoncer qu'elle avait un nouveau copain.

Pardon ?

Le Transalpin ne me lâche pas des mirettes.

– Elle était très... Son cœur était cassé après nous. Alors je me sentais... mal pour elle, mal d'avoir une autre copine. Maintenant, elle me dit qu'elle est mieux. Alors tout va bien.

Vraiment ? C'est quoi la suite ?

Scooterino, me zieutant toujours :

– Alors, *signorina* Georgia, qu'est-ce que tu en penses ? À présent, je suis un homme libre pour toi si tu veux toujours qu'on sorte ensemble.

Je me livre à ma célèbre imitation du poisson rouge atteint de dysfonctionnement de la compréhension quand Jasounette *und* Craquos apparaissent sur le pas de la porte dans un état de fermentation rarement enregistré sous nos latitudes.

Quel est leur problème ? Et pourquoi m'importuner à l'heure de maintenant, quand un Sublimo est à un didi de me boulotter dans la mimine ?

Une auto s'arrête derrière mézigue et j'esgourde une portière s'ouvrir et se refermer *mit* brutalité. La tétanie me squatte en *le trop grande quantité* pour que je puisse passer à l'action. Sans compter que j'ai l'impression d'avoir le premier rôle dans un film au ralenti.

Scooterino jette une mirette derrière mon échine et se retrouve plus surpris que la surprise. Il s'exclame :

– *Ciao.* Mais tu es rentré quand ?

J'exécute la volte-face et qui avisé-je devant l'auto ? Robbie ! ! ! ! ! ! ! ! ! ! ! !

Robbie.

Robbie dont je ne prononcerai pas le patronyme, fus-je trépassée.

Robbie qui, à ma connaissance, réside au Pays-du-Kiwi-en-Folie.

Où il gratte sa gratte en torrent.

Et bécote le marsupial.

Sauf qu'il a déménagé.

Il est ici même.

J'ai égaré l'option parlote.

Super-Canon est redescendu sur terre !

LE JOURNAL INTIME DE GEORGIA NICOLSON

Unanimement salué par la presse, le journal intime de Georgia Nicolson est un éclat de rire permanent, le portrait juste, tendre et corrosif d'une adolescente d'aujourd'hui !

Mon nez, mon chat, l'amour et... moi
volume 1

Georgia Nicolson a quatorze ans et trouve que sa vie est un enfer ! Son chat se prend pour un rottweiler, son père voudrait aller vivre en Nouvelle-Zélande, sa mère porte des jupes trop courtes pour son âge, sa meilleure amie ne perd pas une occasion de lui casser le moral et le garçon le plus canon du quartier sort avec une cruche aux oreilles décollées au lieu de comprendre que Georgia est la femme de sa vie. Enfin, s'il n'y avait que ça, elle pourrait survivre, mais il y a cette chose gigantesque au milieu de son visage... son nez !

LE JOURNAL INTIME DE GEORGIA NICOLSON

Georgia Nicolson est de retour, avec encore plus d'humour et d'esprit, et nous livre le deuxième volume de ses confessions !

Le bonheur est au bout de l'élastique
volume 2

Georgia a retrouvé le sourire. Plus question de partir vivre en Nouvelle-Zélande. Plus question de quitter ses copines, son chat Angus et surtout Robbie, le garçon de ses rêves. La vie est à nouveau pleine de promesses… qu'elle ne tient pas : Robbie suggère à Georgia de sortir avec un autre garçon parce qu'il la trouve trop jeune pour lui ! L'humiliation est atroce.

LE JOURNAL INTIME DE GEORGIA NICOLSON

Entre mes nunga-nungas mon cœur balance

volume 3

Georgia doit faire face à toutes sortes de problèmes. Freiner l'expansion de ses seins, surnommés nunga-nungas par le frère de sa copine. Échapper absolument aux vacances en famille au fin fond de l'Écosse. Quant à Angus, son chat psychotique, ses ardeurs risquent bien d'être « écourtées » par une visite chez le vétérinaire.

La vie est consternante !

Mais, bon, être amoureuse d'une future-méga-star-du-rock vaut bien quelques souffrances, enfin... seulement si Super-Canon l'appelle cinq cents fois par jour !

LE JOURNAL INTIME DE GEORGIA NICOLSON

A plus, Choupi-Trognon
volume 4

Pas facile décidément d'entrevoir Super-Canon !

Quand l'être aimé disparaît pour cause de tournées au Pays-du-Poireau-et-Soupe-de ou autres répètes, c'est au tour de Georgia d'être collée le soir pour cause de « tout schuss sur le disco ».

Heureusement que s'annoncent vers l'horizon de très réjouissantes compensations ! Un week-end au gai Paris sous la houlette de Sublime-Henri ou un projet (secret) de déplacement au Pays-du-Hamburger-en-Folie...

LE JOURNAL INTIME DE GEORGIA NICOLSON

Syndrôme allumage, taille cosmos
volume 5

Tous aux abris ! Georgia aurait-elle perdu le contrôle de son légendaire sex-appeal pour que Dave la Marrade s'entiche d'une rouquine, Mark Grosse-Bouche se permette des familiarités -voire pire ! - et que le voisin Oscar, du haut de ses douze ans, lui fasse des avances pour le moins consternantes ? Au secours !

Mais Georgia déniche un trésor : une bible es garçons ! Et ce n'est sûrement pas ce Transalpin crousti-fondant fraîchement débarqué qui pourra y résister.

Escale au Pays du Nougat en Folie
volume 6

En route pour le Pays-du-Hamburger-en-Folie, direction Memphis !

Georgia embarque Jas, sa meilleure copine, et compte bien retrouver là-bas Massimo, l'Italien de ses rêves. C'est quand même pas si grand que ça, l'Amérique !

De retour au bercail, Georgia ne sait plus où donner de la tête. Super-Canon lui a écrit, Dave la Marrade lui avoue son allumage perso et Massimo s'intéresse de trop près à Lindsay la Nouillasse. Mais rien n'est perdu. Plan séduction en marche : achat de chaussures, trois tailles trop petites mais tellement top !

Loi n° 49-956 du 16 juillet 1949
sur les publications destinées à la jeunesse
Maquette : anne catherine Boudet
P.A.O : Françoise Pham
Imprimé en Italie par Legoprint
Dépôt légal : janvier 2007
N° d'édition : 147141
ISBN : 978-2-07-061058-7